# 順風耳的新香爐

李潼⊙著

# 舊香爐與新香爐（自序）

1.

五、六位小朋友玩捉迷藏；捕捉的人焦急，躲藏的人緊張，援救的人刺激，大家都玩得開心。他們笑鬧得來勁，讓觀看的小朋友也興致大發，紛紛要求加入；一群小朋友變成一窩四處流竄的蜜蜂，讓人眼花撩亂。

不久，問題來了。捉人、當鬼和放人一再有「認錯人無效」、「當鬼不甘願」的糾紛，遊戲規則一改再改，確認標準再三更動，原本追捕

和躲藏的遊戲，成了各有堅持的辯論會，不好玩。

這時，有人大喝一聲：「分開玩！」於是，一隊分成了兩支、三團或四組，分頭玩去。

任何遊戲，都得有合理、公正又明確的規則，讓參加遊戲的人遵守。任何遊戲也有一定的參加人數，就像籃球、乒乓球、足球或棒球，人數太多或太少，都會出問題。二十五個人同一場籃球比賽或一個人擁有一顆籃球和球場，都不太能玩得持久，玩出趣味；二十五個人同玩捉迷藏也太熱鬧，和一個人霸住一根電線杆一樣，到頭來都無趣。

當然，在某種特殊狀況下，有人也能將任何遊戲玩出某種個人趣味，或和虛擬的對手、夥伴玩得十分快樂，這畢竟是某種無奈妥協或才華超拔的特例。

2.

有人喜歡在遊戲、工作、學習或休閒都追求獨當一面的快感，享受當家作主的樂趣；不論這樣的喜歡是來自孤僻冷傲或強烈領袖慾，能力都是很重要的。這能力至少包括時間安排的能力、情緒管理的能力、流程調控的能力、目標設定的能力、方法創新的能力和金錢收支的能力，以及最微妙的人際溝通能力。

我認識一位經營照相沖印店非常成功的年輕人。他在老東家的照相沖印店，學得最基本的專業技術和經營管理方法後，自行創業。他以多年攢存的積蓄和親友們的解囊贊助為資本，添購沖印設備和照相器材，在他「市場調查」後特選的最佳店面，全新開張。

這位擁有「新香爐」的照相沖印店新老闆，招聘了一批沖印技術精湛、服務態度良好，且不怕苦、不怕累的有經驗員工。不到半年，他的

照相沖印店便擁有千人的穩定客源，沖印業績每創新高，營業報表終於轉虧為盈，而且，一路發，成為那條街六家照相沖印店「香火最旺」的一家。

十年來，這位創業成功的老闆，接連又開設了三家連鎖店，員工人數「剛好坐滿一部大型遊覽車」，營業額以每月六個百分點持續成長，成為鄰近六市鎮同業中，生意最好的一家。

他成功的祕訣是：榮譽、專業、服務、開創與利潤分享，說起來也是平凡無奇的營業信念，是他相關同行，人人聽過的「基本準則」，但他營運的結果，竟如此不同。

除了傲人的業績，他還有幾項「新紀錄」，恐怕更不易被同行追上：從前的老東家給予祝福並提供經驗。建立員工休假及分紅制度。新進員工養成訓練辦法。有尊嚴、有歡笑的工作氣圍。顧客滿意才收費。

員工最低流動率。輔佐離職員工自行創業，提供最先進沖印服務。最快速及準時交件。不斷創新的促銷手法。

這些「沒什麼了不起的新紀錄」，偏是他的同行做不到或做不落實完好的罩門。

這位不滿三十五歲的年輕老闆，擁有了「香火興旺的新香爐」，但他說：「還是有很多人幫忙，有最優秀的員工配合啦！我一個人，哪有這麼大本事？謝謝啦！」

3.

《順風耳的新香爐》完稿在西元一九八四年，它曾獲得第十二屆(一九八五年)洪建全兒童文學獎中篇少年小說首獎，韓國釜山《兒童文藝》連載，韓國太陽社出版單行本(宣勇譯)，以及中國北京和平出版社全文選入《台灣名家童話選》。

《順風耳的新香爐》在少年小說和童話色彩上的重疊，可能造成學界朋友的困擾，但它的神話或魔幻與寫實風格，對於作者和少年兒童讀者卻又無礙。這本書曾在一九八六年由洪建全文教基金會所屬的書評書目社，一九九〇年由自立晚報文化出版部分別出版。這一回，在絕版多年後，能再交由民生報重新出版，真是順風耳的好運；還由洪文珍先生、邱阿塗先生和傅林統先生撰寫導讀，由陳柏州先生發表他的「李潼印象」，更大大豐富了這部作品的可讀性，這都讓我心存感謝。

文學創作是個近似獨立作業的工作，當它涉及發表出版和行銷流通，它獨立的純粹性便不存在了。一部作品出版的過程，至少動員了編輯群、繪圖者、打字和印刷、裝幀的許多人，每一個環節的完善或缺漏，對它的面世都有重大影響；作品一旦發行，當它面對千百讀者所造成的互動，更是完全開放的局面。

這麼看來，世間的所有「舊香爐」或「新香爐」，都不存在「完全屬於自己」的純粹；與其在這裡用心計較，不如將心力多多用在充實自己的本事，增加自己多種的能力，才實在。

二〇〇〇年六月夏至　台灣・羅東

蓬萊碾字坊

# 目次

## 作家與作品

# 媽祖廟內兩尊最偉大的神

炎炎夏日，準時來到台灣東北角這個漁港小鎮。和其他季節一樣大小、一樣圓扁的太陽，不知爲什麼，一到夏天，總變得威力無比，散發出可以把萬物都烤熟的熱氣，絲毫也不留情、不客氣！

對！只要你的定力不錯，在這種大熱天，還能安靜坐下來，一定能聽到門窗熱脹的咿呀聲、骨頭擠壓的喀喀聲和汗水從你身上湧出來的嘶嘶聲，交織成的「給我冰水」這首歌。

夏天，也是媽祖廟香火最清淡的季節。

因爲，媽祖婆婆在三月二十三日的生日早已過去。媽祖婆婆和善男信女們，爲那盛大節日，忙得只有一個感想：給我好好休息一陣吧！其次是因夏日的海上，只要颱風不來，大抵是風平浪靜，於是大家都心安了，沒什麼事向媽祖婆婆請求，來媽祖廟走動的念頭便少了。

氣候炎熱，大家都懶洋洋，是不是也影響媽祖廟的香火？這大概也是個重要的原因吧。

善男信女們這種有事才來拜求的作風，媽祖婆婆介不介意？

媽祖婆婆一向慈悲爲懷，她處處爲人著想、事事體諒的個性，不會把這種事放在心上。何況，她坐鎮漁港小鎮三百年，大概也習慣旺季和淡季的輪換了。

漁港小鎮特有的腥鹹海風，吹也吹不散這熱氣。

原本喜歡在廟前廣場跳格子、爭吵不休的麻雀們，耐不住燙腳的石板，全躲到兩邊涼亭，棲在圓桌底下，大氣不哼地打著盹兒，讓人聲已少的廟庭，顯得更安靜。

這古老媽祖廟落成那年，漁民的曾祖父輩，在廟旁種了幾棵榕樹；這些榕樹早已高過了媽祖廟的廟頂，濃密的樹蔭遮住廟簷，廟簷上不免生長了一大片青苔。

就算在樹蔭下，這一片青苔也耐不住熱氣，全走樣了。它們一塊塊分開來，酥脆得像下豆漿吃的膨餅，擺在廟頂，等人買回去當點心吃似的。

青苔一乾裂，熱氣更不客氣地穿透廟頂的琉璃瓦，讓屋頂像一頂通風不良的蚊帳，罩住廟裡的三位大神。

內殿的媽祖婆婆最厲害，頭戴鳳冠，身穿繡袍，渾身上下包得密不透風，光露出一張帶著微笑的臉龐。還面帶微笑？這不稀罕，她低垂著眼瞼，似乎已經午睡多時了。

順風耳和千里眼沒這麼大本事，他們只覺身體像發高燒似的發冷、頭暈、腳軟。尤其是順風耳，直叫著受不了、受不了哇！

最讓順風耳難受的是，身體熱得像發酵的麵團不斷膨脹，他還不敢叫嚷，只能掀動嘴唇，喃喃自語，他怕一叫嚷，被媽祖婆婆聽見，她會輕咳一聲，說道：

——知道冷暖，也是一種福氣呵！順風耳。

——想想天下眾生，有多少人頂著日頭，在外奔波呀？順風耳。

——四季有冷暖，正好催生萬物，天下蒼生無一不默默承受，少有人抱怨；我們爲神的，怎麼好先自己叫嚷嚷？順風耳，還有……。

天哪！還是忍一忍吧！

媽祖婆婆說話，向來不急不慢，向來沒火氣，加上她永遠一副慈祥表情，似乎天底下再愁苦的事，無一不可以化解。可她一開口，便沒完沒了，總要把意思說得圓滿透徹，說到再笨的人也聽懂了，才收口。這聽久了，實在比一頓劈哩啪啦的斥責還難過。算了！別不識趣，自找罪受，順風耳於是側耳傾聽：風聲在遙遠的海上響著，一聽便知是屬於輕快涼爽的那種；順風耳特地挑了他耳朵能聽見的最遠的一道海風，監聽它的行蹤。

海風在波浪上升起後，挾帶著水花，前呼後擁地向著小鎮奔來。它愈跑愈快，果然是輕快涼爽得不得了。

漁港外有一塊巨大的礁岩阻擋著，像個安全島似的。海風行到這裡，放慢速度，分兩邊前進。順風耳監聽的這道海風被擠到右邊，在燈塔四周繞了一圈，水花都留在燈塔上，才脫身向前走。

接近沙灘時，它似乎有些慌張。這一停頓，糟了，炙熱的沙灘火氣沖天，海風越過時，少不了已被它燙了一尾巴。

當順風耳聽著海風穿過苧麻叢、經過小路、爬過無數個屋頂，他終於明白，爲什麼它會是這樣氣息奄奄，熱得像剛從火坑裡鑽出來一樣。

媽祖廟的二進天井上，立一座花瓶湧泉，汩汩的泉水從一人高的大理石花瓶瓶口溢出來，淙淙的水流聲，稍稍有點清涼的氣息。

順風耳聽了一陣，還是忍不住扭動身子，說道：「這座廟是誰設計的？一點腦筋也沒有。怎麼不多開幾扇窗子，讓風流動？熱風總比沒風好！簡直像大蒸籠。」說著，他停了半晌，等著千里眼開口應和。沒聲沒息。

他側臉看了看千里眼。只見千里眼微睜雙眼，身子直挺挺地，老姿勢沒變，卻已經打起盹來了。

順風耳看得生氣又欽佩。這大眼睛的道行眞是越練越深厚啦，剛剛還在叫熱，一下子不留意，竟然睡著了？於是，順風耳假裝清痰「嗯」一聲，要把千里眼喚醒。沒動靜，千里眼還在點頭「釣魚」。

順風耳再用力一咳！

千里眼這才奮力將眼皮上的瞌睡蟲趕走，他也偏頭，看看四周，再問順風耳：

「沒人來，吵什麼吵？」

順風耳壓住肝火。改口問道：

「大眼睛，這麼熱的天，我們把戰袍脫下來好不好？我熱得痱子都長出來了，癢。」

「怎麼行？這是玉皇大帝發的制服，是我們的『註冊商標』。脫下來，別人哪會認得我們呢？」

「脫了外套，善男信女就不認得我們了。你說他們只認衣服不認神功？哪有這種事！我不信。」

「不像話、不像話。媽祖婆婆會同意嗎？」

他們回頭瞧瞧媽祖婆婆，發現她老人家端坐在絲幔垂掛的雅座上，正享受她特異功能的午睡，似乎沒察覺他們的牢騷。

「她睡著了，我好佩服她。」順風耳壓低嗓子說。

「也不成。」

「我搧搧風總可以吧！」順風耳用兩根指頭捏住上衣抖著，拉開汗溼的衣服，讓風灌進前胸，說道：「這樣涼快多了。」

「別抖！注意，有人到廟裡來了。」

# 有人發現媽祖霸占香火

千里眼看見前庭大門外，來了三個年輕的小伙子，每個人脖子下，掛一部照相機，肩上吊了一只箱子，他們東張西望地踱步進來了。

「又是來參觀，不上香的。」

「參觀也好，上香也好，我們都不能亂動，姿勢擺好。」

順風耳停止搧風，趕緊把右手的斧頭拿好，左手半握拳放在腰間，側著耳朵仔細聽著。

「這座廟光是這些石板和柱子，就和別處的不同，古色古香，今天我可要好好拍它幾張。」頭戴大草帽的小伙子，忙不迭對準石板、龍柱和「天后宮」的匾額一連拍了好幾張。

一個身穿五分褲、腳趿涼鞋的年輕人說：「你們猜，我今天最想拍的是什麼？」

千里眼和順風耳也等著聽他說說。

「老實告訴你們，其他的，我都不感興趣，我就是專程來拍千里眼和順風耳的。」

千里眼和順風耳這一聽，忍不住睜眼豎耳，精神來了。

「爲什麼？」戴草帽的小伙子問道。

「天后宮的千里眼和順風耳名氣最大，你們眞的不知道？這兩尊神像雕刻得最傳神、最威武，別說他們的眼睛、耳朵和臉上的表情栩栩如生，你看他們手上的筋脈，好像眞的有血液在流動。你們眞的沒聽說過？」

不得了，千里眼聽得眼珠睜大一倍多，順風耳更犯了老毛病，每逢順耳的話傳進耳朵，他那對特大號的耳朵便不聽使喚的搧動起來。

順風耳對千里眼暗傳佳音，自己也覺得暑氣盡消，薰人的熱氣忽然全散了，一陣清涼從耳孔、從頭頂灌進來，涼啊！

早早以前就時常有人來拍照，但那些人看來一個個漫不經心，進到廟裡也不知放輕腳步，只那麼東張西望、磕磕撞撞，比在他家的客廳還自在。刺眼的閃光燈前閃一下，後閃一下，閃得千里眼頭暈眼花，閃得順風耳直冒肝火，甚至有人挑豬肉似的，在順風耳身上捏捏摳摳。

嘖嘖！這些不知分寸的人哪，就是欠踢一腳；順風耳一想起就生氣！

帶頭這個穿半膝五分褲的年輕人，硬是不一樣，他內行、有知識，聽他說話，再看他的舉動，眞是氣質不凡呵！

三個小伙子跨上門檻，繞過迴廊，向著正殿邁過來了。

順風耳趕緊深吸一口氣，憋在胸膛，好讓胸部挺起，又將左拳用力一握，手臂的筋脈像一條條蠕動的蚯蚓，神情比平時還要威武三分。他知道千里眼一定把他的大眼睛，睜得比黃牛眼大三倍了，他又慢慢將大耳朵對準屋頂裂縫投下的圓光，好讓來客一眼就認出他便是順風耳。

頭戴大草帽的小伙子和另一個小平頭年輕人，望見千里眼和順風耳，驚訝得眉毛都豎了起來。

「哇！眞的不一樣，扮得眞好，眞雄壯，眞威武，跟眞人一樣！」小平頭「眞」個沒完地讚美道。

小伙子們圍繞在千里眼和順風耳身邊，像觀賞兩件精緻的藝術品一樣地品頭論足，嘖嘖怪叫。

戴大草帽的小伙子伸手摸摸順風耳的戰袍，發現珍寶似的叫起來：

「這件衣服的手工和質料都是一流的，你們過來看！」

留小平頭的人也跑過來摸摸戰袍，又扯了扯，說道：

「看起來年代久，卻縫得挺牢固的。」

這一扯，差一點把順風耳的戰袍扯落了。順風耳收起嘴角的笑意，盯著他，心裡有些不舒服。

小平頭又掄起拳頭，在順風耳的鞋尖壓了壓。順風耳的腳趾

長了一個雞眼，多年來沒根治，被他這麼一壓，痛得叫出一聲低沉的「唔……」。

「什麼聲音？」

小平頭的手，觸電一樣迅速抽回，又四下張望。

「不是我叫的，看我幹麼？」戴大草帽的小伙子說，「我也聽到聲音，『唔——』對不對？」

穿五分褲的年輕人大笑，說道：

「你亂摸順風耳身上的衣服和鞋子，他生氣了，是順風耳叫的。」

「別嚇人了！」小平頭退到一旁說，「我只輕輕碰一下而已。」

「碰也不能碰，順風耳和千里眼的脾氣很大的。」穿五分褲的年輕人說，「拍照吧！像你們這樣亂摸骨董，要是讓媽祖生氣，不得了。」

小平頭又退後一步，拿起照相機開始拍照。他想了想，覺得還有些不安，又問：「不知能不能用閃光燈？」

「別再提了，趕快拍照，不要疑神疑鬼。」

他們擺好腳架，對準順風耳和千里眼不停地按快門：全身照一張、半身一張、正面一張、背面又一張，眼睛部位來個特寫鏡頭，耳朵也來一個，連手腕、腰帶和鞋子全不遺漏地拍了。

順風耳和千里眼一動也不敢動，讓小伙子們拍個過癮，他們憋氣憋得滿臉通紅、眼皮發癢，也極力忍住。

穿五分褲的年輕人，轉移目標，對準正在午睡的媽祖婆婆獵取鏡頭，其他兩個小伙子也跟過去；千里眼和順風耳這才鬆一口

氣。

戴大草帽的小伙子說：「我們應該向媽祖婆婆上香，請她保佑照片張張成功。」說著，還自顧自笑起來，跑出廟門，到小攤買香去。

三尊神像，三三得九，一人發給九炷香。他們在長明燈上點燃，排成一列，恭恭敬敬對媽祖一拜，獻香，再拜。

他們轉身又到順風耳面前，還是恭敬排成一列，對他深深一拜。

就在獻香時，他們卻找不到香爐。怪！再看那千里眼的腳跟前，也是空著的，再在順風耳前後左右繞了一圈，寬敞的正殿裡，除了神案正前方那座香爐，再也沒有第二個了。

「怪了，順風耳和千里眼怎可以沒香爐呢？」小平頭說道，

「這未免太不公平！這麼偉大、這麼重要的神，怎可沒香爐呢？」

順風耳的耳朵又動了，豎得尖尖地仔細聽著。

「我看，一定是媽祖婆婆想霸占全部香火，故意不讓順風耳和千里眼也擺一個，小小一個香爐也不願，你們說對不對？」

這些話，讓順風耳聽來，得意的心情全不見了，沸騰的血液竄向腦門，一波波地反覆著，疑問像晒衣架上的掛鈎，左一個、右一個掛滿了思想的繩索。

穿五分褲的年輕人，將剩下的六炷香全插在媽祖的香爐裡，說道：

「我也覺得有些不公道，我想一定很多人跟我一樣的，來媽祖廟，是為了拜訪順風耳和千里眼。向媽祖燒香許願的人，當然

也很多，但要不是他們兩個有藝術價值的神，媽姐廟的香火一定沒這麼旺。我們找廟公去。」

三個小伙子在廟裡廟外、廟前廟後轉了一大圈，沒見到看守媽祖廟的廟公；他們不知廟公的兒子今天娶媳婦，回家招待客人去了。他們又回到正殿，小平頭說：

「沒關係，我們明天再來。這件事，我們要替順風耳和千里眼討個公道。」

# 順風耳邁出大廟闖大業

小伙子們離開廟門後，順風耳既感動又氣憤。

三個小伙子有些莽撞，但他們的正義感卻不是那些世故的大人們比得上的。來廟燒香拜拜的人，都是「無事不登三寶殿」，沒遇大難臨頭或心中焦慮，沒人會來廟燒香；平日生活順利，他們便把所有大佛小神忘得乾淨，難得看見沒事也到廟來走走、問候問候的。這三個小伙子，專程來拜訪，雖沒有上好香、獻清果，可他們的眞誠感人，這就夠了，夠了，他們說的話，實在

「一語驚醒夢中人」，有道理。

坐在絲幔後面、舒舒服服地打盹的媽祖婆婆，眞想不到替我們哥兒倆各擺一個香爐嗎？

還是如小伙子們說的，她要全部的香火歸她一人享受？

以媽祖婆婆的聰慧和見識，她總該想到這一點吧？這就對了，她私心，她沒把我們兩個放在心上，當我們什麼？跑龍套的，擺場面的，還是當花瓶？當花瓶，憑我和千里眼這副不平凡的面孔，也太抬舉了。那我們又算什麼？想來大概是和那些燭台，那些出巡展招的鳳旗一樣吧！

想到這裡，在按捺不住的怒潮中，卻又有細細的一道悲哀浮上來，這麼多年的日夜加班，換得了什麼？連個小小的香爐都沒，眞不值得。

「大眼睛，那三個小伙子說的話，你聽清楚了沒？」

「尾巴聽了一段。」

「尾巴那一段最重要，你有什麼感想？」

「感想？他們能夠平安走出廟口，是咱們媽祖婆婆寬宏大量，大神不計小人過。」

「你說什麼？」順風耳提高音量，把提著的斧頭擱在腳邊，說：「大眼睛，你整天直愣愣瞪著門外看，從來不爲自己想想？小伙子們說的話，還沒把你喚醒？」

千里眼驚慌地回看媽祖婆婆，說道：

「不要這麼大聲，別把媽祖婆婆吵醒了。」

「怕誰？叫醒了最好，我就是怕她沒聽見，」順風耳說，「你清醒想想看，我問你，來廟參觀的人，誰被拍照拍得最

多？」

「你和我。」

「對，這你也知道。我再問你，出巡遊街的時候，大家是不是看著我們？」

「媽祖婆婆坐大轎裡，大家看不見。」

「對，我再問你，要不是我們哥兒倆在這裡，媽祖廟的香火會這麼旺嗎？要不是我們全心全意爲媽祖辦事，憑她一個人辦得了嗎？你想想，我們哥兒倆，今天又得到了什麼？那三個小伙子實在細心，實在有見識啊！發現我們連個香爐也沒。」

「大耳朵，有話慢說，不要這麼激動。你什麼都好，就是耳根太軟，聽人説一句，就這樣沉不住氣了，我們現在，和在棋盤山當年不同啦！」

「你還沉得住氣，你冷靜、你厚道，你就懂得數落我。」

「小哥，你說話不公道，就算我們沒香爐，但男男女女、老老少少到廟裡上香、獻清果，我們多少也薰得一點，從來也沒少過一分。媽祖婆婆的心地，大家都知道，她老人家什麼時候虧待我們，說過我們哥兒倆一句重話？這當然也是我們盡責、守本分，大家才能相處千百年如一日。我說的是不是實情？」

「以我們的本事和身分，也不該這種待遇吧？」

「要不是玉皇大帝愛護，派我們下凡來；要不是媽祖婆婆肯收容我們，留在天庭上，還不是早課、晚課沒完。要是我們開溜，投到哪個脾氣大的神門下，今天又要淪落到什麼地步？」

「不見得，說不定我們早有自己的一座廟，基業比媽祖廟還大，香火比她還要旺。」

「說不準的，別瞎猜了，難得今天香客少，正好可以小小打個盹。動氣、發火，太傷神了。」

「我沒你的好修養，聽什麼、看什麼都可以不當一回事。」

「大耳朵，你有什麼好打算？」

「當然有辦法，」順風耳把眼光拋向廟門外，說道：「我們出去另起香爐。」

「另起香爐？我們？」千里眼全醒了，他睜著大眼睛，回頭再看媽祖婆婆。幸好，她老人家沒被驚醒。他壓低了嗓子說：「你沒說錯吧？」

「沒錯！我們出去立個廟，怕什麼，還怕沒人來上香？憑我們的本事和聲望，不擔心的，」順風耳說：「不管大神、小神，總要有一點志氣，爲自己的前途著想。我看透了，我們在這裡再站五百年，也是我拿斧頭、你拿戟，左右兩邊站，香火薰一點，清果沾一點，什麼出息？」

「……」

「去不去？一句話。」

「出廟容易，回廟難……」千里眼咿唔半天，拿左手擦額頭，說道：「出外闖蕩事事難，痛快出去，要是發現一切不如預料，想回來，恐怕媽祖婆婆不容我們了。」

「大眼睛，你想太多了，不出外，哪知道外不如裡？誰不想出外闖一闖？何況男子漢大丈夫！你到底要不要走？」

「我看，我們還是，還是再考慮一下吧……」

「你太教我失望了，當年的壯志都到哪裡去了？你怎會變得這樣拿不起、放不下？」順風耳舉起斧頭，恨恨地在胸前凌空一

劈，說：「好！你眞不走，我要走。告辭了！」

看順風耳一腳跨下台基，千里眼大驚，叫道：「小哥，你眞的說走就走？」

「怎麼，你也要一道走？」順風耳回頭問說，「那就下來吧！」

「不是，我，我是說，總該跟媽祖婆婆報告一聲，跟隨她這麼多年，總有一些情分。」

順風耳氣結：「她午睡，怕人吵，讓她去睡吧！」

「早上，你還好端端地，怎麼聽了人家幾句話，變得這樣絕情無義？」

「大丈夫志在四方，從來不婆婆媽媽。」話說到這地步，已經盡頭了，「這和絕情無義沒關。」

眼看順風耳這麼固執，沒商量餘地，千里眼低頭沉思，圓睜睜的大眼睛也黯淡了。他說：「幾千年來，哥兒倆同進同出，風光的場面、要命的劫難，沒一次不是一起享受、一起奮鬥的。這些你都記得，我不再說了。你這麼拍拍屁股就走，也該替我想一想，這案前，正好我們兩個左右站，現在，空一個台基，還像樣子嗎？」

棋盤山上的作威作福，和姜子牙一批高手交戰的激烈場面；在玉皇大帝的職前訓練班受訓的情景，以及幫媽祖為苦難的人排難解紛的種種往事，順風耳全都記得。不是我順風耳絕情無義，實在不得不為自己的理想奮鬥哇！他想：千里眼什麼都好，就是志氣小了點，他安於現狀，不求發展，只有一輩子在廟裡罰站。我順風耳離開媽祖廟，絕不是恩斷情絕，千里眼那小心眼，未免

把事情看得太嚴重，要是有一天我創廟成功，別說出巡在馬路見面，仍然打招呼，抽個空，也會回媽祖廟探望，敘敘舊，交換心得的。

這一走，空一個台基，左右不平衡，眞的難看。於是順風耳說：

「這樣好了，我化個形體在台基上擺樣子，要是你想念我，也可以轉頭看一看，還有，這把斧頭我也不帶了。」

順風耳放下跟隨多年的大斧頭，卻又不免有些感觸，就是離情吧！像一滴濃濃墨汁，滴落在溼漉漉的宣紙上，緩緩渲開來。

一個是壯志凌雲，就要赤手空拳的出外闖蕩了；一個是堅守崗位，不願放棄這分熟能生巧的職務，性向如此不同，但在分手時刻，卻不免還有些牽掛和惋惜。

順風耳和千里眼以爲，坐絲幔後的媽祖婆婆正在睡她的超級午覺，正做著萬事如意的太平夢。

他們錯了。

依媽祖婆婆的責任感和警覺心，哪有可能發生這種事！

從那三個小伙子踏進廟門第一步，媽祖婆婆就醒了。廟裡的一動一靜，她全看在眼裡、聽在耳裡、想在心裡。那每一句讚美、每一句牢騷話，她都聽得仔細清楚。

當小伙子說到兩愛將缺少香爐的事，媽祖婆婆心頭一震、一驚，鳳冠的珠穗也晃動了。她想著，邊看順風耳和千里眼的反應。

這兩名愛將的本領和個性，一千多年來，她恐怕也不了解，

她想：順風耳要出廟闖蕩，也好，讓他出去見識見識，換個不同環境，嘗嘗滋味，要不，他這念頭憋在心裡，弄得大家都不舒坦，礙了善男信女的大事，就難以收拾了。趁著這空檔，我也好冷靜地想一想，也許對他眞有些欠缺關照！。媽祖婆婆半瞇著眼睛，一動也不動地繼續假寐。

「大耳朵，你再考慮考慮吧！」千里眼說，「你眞要走？好吧！出門在外，自己多保重，要是闖得不如意，不要逞強，還是回來，就算媽祖婆婆生氣了，我也會替你說話。」

順風耳走過迴廊，跨過門檻，踩過石板廣場，一直到走出廟門才回過頭來，他雙手抱拳，向著午睡正甜的媽祖和眼巴巴看著的千里眼拱手告別，大步地向著廟外走去了。

# 天上人間都得有公道

廟門外，橫一條寬闊大馬路，馬路蒸發的柏油氣味，當頭就把順風耳衝得連打三個特大號噴嚏！

大中午，過往的車輛不多，車多車少，順風耳橫豎都不在意，他三兩步走上馬路中央，跟去年媽祖出巡在街上遊行時一樣，抬頭挺胸，昂首闊步，甩著雙臂就擺動起來。

走幾步，他發現鞋底「咧的咧的」，老被黏答答的柏油拖住，跨起步子，總不順暢。熱氣從褲管冒上來，蒸得汗水如泉

湧，才走十幾步，他一身漂亮的戰袍溼漉漉，好像剛從水裡撈起來一樣。

順風耳想把厚外套脫下，再一想，覺得不太妥當：少了這件外套，別說看來不夠威風，恐怕善男信女當真不認得；再說，脫下來擺哪裡好呢？掛在肩上、披在手臂都不成體統，大馬路上脫脫穿穿也不太合適吧！

又走了幾步，順風耳被柏油路的熱氣薰得受不了！看見路邊有一整排枝葉濃密的大榕樹，他想，先到榕樹下歇歇再說，這樣熱下去，不中暑，也要狼狽不堪了，堂堂一個順風耳，要是全身發癢，抓胸搔背地扒痱子，也不好，憑自己這麼不小的塊頭，當街暈倒更不好，太占地方了。

才這麼想著，突然一陣吱拐的煞車聲和震破耳膜的汽車喇叭聲，直衝過來。順風耳一身功夫，多年沒使弄了，這一回，他一轉、一閃又一跳，閃開了黑轎車。要不是一只鞋被黏在柏油路，這閃躲功夫就完美了。他一隻赤腳縮在另一隻腳背上，在馬路單腳挺住，這功夫不太容易的。

黑轎車的車窗迅速滑下，冒出一個人頭，是個中年男人，問說：「對不起，有沒傷到你？沒事吧？唉，你是哪一團的，闖越快車道不太好，趕時間去演出，也不好這種趕法，沒事吧？你走紅磚道去，對不起，嚇到你了。」

順風耳回過神後，火氣也上來，這個目中無人的冒失鬼，不知道我是誰？不知道我的厲害，我一個指頭彈過去，可以教他連車帶人翻十八個筋斗！

順風耳把指頭在車頭一按，燙得險些起水泡，伸手到車座底

下一掀，使力，再使力，這個黑傢伙還眞不輕啊！

轎車主人看順風耳搬弄他的車，大叫：「你還不走，我沒讓你修車，你搬什麼？準備上哪裡去？」喇叭又跟著叫，吵得順風耳的大耳朵受不了，只好以單腳跳到路邊去。轎車主人又把他叫回來，「你的鞋還沒拈走，壓扁不好吧！」順風耳又跳回路中央，把那一只黏在柏油路的鞋子拔起，跳到榕樹下，穿好；好不容易，才將一口氣換上來。

順風耳想不通，年初跟隨媽祖出巡，分明在馬路中央大搖大擺的走，他在前，千里眼在後，路兩旁的行人車輛都乖乖讓開。怎今天全變了樣？那開黑轎車的人還敢這麼放肆，叫我一邊去，只能走這個紅磚道？

今天，馬路上的每一部汽車、摩托車，都匆忙往來，沒人注

意站在榕樹下有個神威大爺順風耳，無禮呀！年初出巡，那些等在馬路兩旁的人們，聽見開道的嗩吶「叭——叭」響起，都伸長脖子，不等他和千里眼走近，便舉起香炷不停地拜，現在，他躲在榕樹下，卻沒有半個眼光留意他，到底怎麼一回事？

順風耳愈想愈嘔，這身厚重戰袍，既然誰也不認，這麼穿戴著，不嫌累贅？乾脆脫下來，省事些！他將盔甲似的戰袍拉扯脫下，這一脫，脖子和肩頭輕鬆，雙手雙腳活絡，全身每個關節都像給點了油，伸展得太滑溜，竟像要脫散，有些虛軟無力，整個身子簡直要浮起來。

順風耳趕緊抓住榕樹，深吸一口氣，灌入丹田，調理氣脈。才這麼想著，卻突然憋不住啦，呼的一口，只覺得腳底發涼，頭頂沖出一股熱氣，人像個泄氣皮球，差點癱軟歪倒，像個被廢掉一身武功的哪路俠客。該不是這戰袍附著神功，穿得，脫不得，是一時輕鬆，不適應吧？

他還是將戰袍摺疊成方塊，藏放在樹頂高處，他想：等我找到一間合意的新廟，擺好香爐，再派人來取回去便行了。不過，現在脫得只剩一件紅單衣，再不好那麼大搖大擺的走，那又該怎麼走？

順風耳在馬路邊學走路，他試走七星步、蓮花步、外八字步、內八字步、直線步、大跨步和小碎步，他走過來又走過去，走成了一個最感自在的散步，自覺和一身紅單衣最搭配，和一個自由的神最合拍，他就這麼東張西望的走去。

臨時起意，倉促離開媽祖廟，哪裡能找到一座合自己身分的

廟，心裡也沒個準。但不論如何，一座理想的廟、一座起碼標準的廟，總可以在心中先定個基本藍圖，免得將來有太多選擇機會，看花了、看走了眼，那就不好。於是，順風耳睜眼瞧著，豎耳聽著，低頭想著，在腦子裡畫個新廟藍圖——

一、交通方便，地點好，以免善男信女一再轉車，打消來廟燒香祈福的念頭。

二、正殿高大，即使不全新，也不能像媽祖廟，每逢下雨就滴滴答答漏水。

三、前庭廣場要寬敞，牌樓要高大，好讓祭拜的鮮花水果排更多；換在平時可當停車場。

四、廣場多設涼亭，小朋友可在那裡玩耍，免得到正殿亂跑。萬萬不能像媽祖廟只有兩座涼亭，顯得太小家子氣。

五、最重要的一點，這新廟要完全屬於自己，不過，只要千里眼開口說要過來，可以幫他留一個位置，畢竟是共患難的好弟兄。

順風耳走到十字路口，被一羣頭戴小黃帽、背書包的小朋友擋住，他們在斑馬線這頭，眼睜睜看車輛飛快駛過；不只這羣小朋友過不去，連整條直街的車輛也都停下來！

順風耳看了，火冒三丈：這太不公平了，橫街的車輛簡直欺負人，把直街的車子擋住去路，還讓這些可愛的小朋友在大太陽底下烘烤著，眞是太不應該了。

奇怪的是，小朋友們都忍耐著，掏出課本當扇子，還一邊談笑，他們看見了順風耳，又都靠在一起指指點點。

「這伯伯的打扮好時髦，穿紅衣還戴耳環哪！」

「身上還香噴噴的，是檀香的味道。」

「我沒看過耳朵像他這麼長、這麼大的，比媽祖廟裡的順風耳還大！會不會是馬戲團裡的小丑？」

小朋友的悄悄話，順風耳聽得清清楚楚，他不生氣，只覺得孩子們可愛，聲音清脆好聽。令他生氣的是橫街那些欺負人的車輛！

馬路是大家的，怎可以讓單一方走，一方被擋著晒太陽？這社會的公理正義何在？

順風耳剛被黑轎車驚嚇一陣的無名火，又再度升上來。他向來最看不慣強橫霸道的人占上風，最不能忍受這種人間的不公平，才剛受過這種窩囊氣，現在又發生，這次再也不能忍氣吞聲，這正是伸張正義的時候了。

順風耳把雙手張開，像一隻大猩猩，要護衛小朋友過街。他大喝一聲，告訴小朋友和所有直街的車輛：

「不要怕，大家跟我走！」

小朋友們愣住，一會兒才叫起來，說：

「伯伯，現在是紅燈，不能過去，要等綠燈亮才行。現在橫越馬路，會被交通警察取締的……」

在對街榕樹下的交通警察，看見順風耳帶一羣小朋友要強行過街，趕緊吹哨子、比手勢，教大家不要動。

這時，紅燈恰好轉成了綠燈。

順風耳看交通警察要阻止他們，更是火上加油，他告訴小朋友說：

「不要怕，有事我負責，我去跟他理論。」

他再招手教直街的所有車輛跟他走，所有車輛果然全部起動，迅速地穿越十字路口，橫街的行人車輛也都乖乖地停下來，再也不敢放肆了。

順風耳看得滿意極了，很威武地張開雙臂保護小朋友過斑馬線。到了對街，小朋友們還笑個不停，覺得很好玩。順風耳覺得很安慰：天底下還不是完全沒公道的，只是見義勇爲的人太少，許多人不敢爲自己爭取權利，不敢爲大衆謀福利罷了。

交通警察見順風耳帶小朋友走近，他說：

「你是很特別的志工伯伯，多虧你這樣熱心，肯保護小朋友過街。」

過街後的小朋友摘下小黃帽，向順風耳敬禮，說「謝謝」，順風耳心中更樂。

「我還沒說你呢！你站在這裡應該主持公道，怎可以看橫街的車子走，讓直街的車子堵在一起？這麼大的太陽，會把人晒暈的啊！這次我不跟你計較，下回再讓我看到，不原諒你的。」順風耳把交通警察好好訓了一頓，又問：「也許這地方你熟，知不知附近有可以落腳的房子？人要多，地方要寬敞，環境清幽一點的，對了，要有個香爐才行。」

交通警察想了又想，問道：

「樹木很多，有沒有關係？」

「房子前面有大空地便行，周圍樹木多，沒關係，可要常有人去才行。」

「有了！你再往前走，過兩個路口，向右轉，那裡有一座公園，是鎮上最大的，早晚人多；靠東邊有座大戲台，前面有空

地。」

「那很好，房子是不是坐北朝南？有沒有香爐？」

「香爐？我記得還有一座舊香爐，是從前的哪吒廟的，哪吒廟搬走了，那香爐太重、太大，留下來當骨董。」

順風耳一聽香爐是哪吒留下來的，而且還是個舊的，心裡不痛快，眉頭便皺在一起了。

「公園裡多的是鐵椅，到那邊休息最好。不過，我要先告訴你，鐵椅是給人坐的，不能躺下來睡覺，這樣不太好看。」

「躺下來睡覺？我從來就沒有躺著睡過覺！」

交通警察看順風耳一身古怪的打扮，聽他說話更寶裡寶氣，禁不住也笑起來。

「你不信？我站著，把眼睛閉起來，一睡可以睡八小時。」

交通警察聽順風耳說得這樣當眞，再想起農曆過年的時候，一連值了五天班，累得在榕樹下站著睡著的事，開始有些相信，不過那也只是打個二十分鐘的盹。

「這是經好多年磨鍊出來的，」順風耳看交通警察驚訝的表情，更加得意。走了幾步又轉過身來，叮嚀交通警察：「你在這裡要好好磨鍊，要好好主持公道呵！」才搖搖擺擺地走向公園去。

# 哪吒小子遺棄的舊香爐

港濱公園，果然清幽、寬敞，遊人不少。

順風耳進了公園大門，向裡一看，只見一條曲折的碎石小路，在高聳的樹林下。七年蟬和麻雀呼叫鳴唱著，兩隻松鼠翹著膨鬆鬆尾巴，從這棵樹跳到那棵樹，走平地一樣俐落，蟬兒和麻雀在這兩隻松鼠跳近時，才停止叫嚷，「噗嗤」飛走，另找一棵樹，知了知了地又叫起來。

順風耳給碎石小路帶著走，他來到一處三岔路，向右看，樹

林的盡頭有一口荷花池和兩座涼亭。荷花池邊擺著三五張躺椅，老人們優閒地坐在椅子上，搧扇子、聊天、喝茶。往左看，小路盡頭一座假山，半山一道清泉嘩嘩地流下，濺得四周石塊溼漉漉地長了青苔。近一點的樹蔭下，也是擺著幾張躺椅，一樣坐著老人，一邊聊天，一邊還叫喊正在爬樹的小孩：「呀呀呀！這孩子想學猴子啦！跟他爸小時候一樣，摔斷了胳臂，拚命叫疼！」

該往哪一條路走才對呢？樹蔭這麼濃密，沒看見交通警察說的那間房子。這警察該不會隨口胡說，故意逗著人玩吧？

交通警察說那房子在公園內靠東邊，順風耳靈機一動，低頭看樹影；太陽已經偏西，樹影傾斜的方向該就是東邊了。

爬樹的小孩發現了穿紅衣、戴耳環的順風耳，趕緊從樹上滑下，拍手叫道：「阿嬤，唱歌仔戲的人來了，我們去看戲。」

老先生、老太太們瞇著老花眼，抬腕看錶。

「時間還早嘛！這個唱戲的好認眞，早早來，準備上場，喲，妝都化好了，戲服都穿上了。」

「今晚不是演梁山伯祝英台嗎？這個人是演什麼的？看樣子也不像四九，倒像媽祖廟跑出來的順風耳。」

順風耳熱得渾身難受，只想找到交通警察說的那間大房子，這些人瞎猜、瞎說，還好有個內行人，有個有眼有珠的人猜對了，不過，語氣太猶豫，也不算。等我找到新廟，香爐一擺，安穩上座，他們上香拜拜，抬頭一看，便就明白了：我，正是堂堂的順風耳！

假山後一座圓拱石橋，只能容兩個人擦身而過，三個阿兵哥

坐在石橋欄杆上談話，他們看見順風耳側身走上橋來，居然也問：

「今晚又有歌仔戲開演，演的是哪一齣戲？」

「胡說八道！演什麼戲？」又聽見這樣的話，順風耳生氣了，他氣的還不只這些人認不得他，也氣那些歌仔戲什麼戲文都演，怎沒想到把順風耳與千里眼的精采故事演一段！

「哇！這麼凶，你是演關公的吧？」

「你們閒著沒事在黑白講，小心我一掌把你們推下水。我問你們，白天不好好工作，誰讓你們跑出來納涼？」順風耳像憲兵一樣地教訓他們。

「公園是公家的，爲什麼不能來？我們放假休息。」

「放假？這麼幸福！」順風耳想自己在媽祖廟裡，一年三百六十五天，廟門天天開，善男信女不斷來，從不曾放過什麼假。媽祖婆婆從不定公休日、週休二日或慰勞假、榮譽假，這起碼福利的重大缺失是不健康、不符合養生的勞動剝削，這種事，還要爭取或抗議嗎？唉，慈悲的媽祖婆婆，你想得深、看得遠，怎就不能想得淺、看得近，把這種起碼福利想一想。

順風耳想：到底還是趕快把新廟找到，將來愛開門就開門，累了就關門休息，自己放假，這才是根本辦法。他問阿兵哥：「你們在這裡坐半天，知不知公園裡有座大房子？」

「公園怎可蓋房子？戲台倒有一座，你來演戲還找不到戲台？」阿兵哥順手一指，指向東邊的樹林深處。順風耳瞇眼看著，果然看見一座高高的平台在樹林間，他問：「大不大呀？」

「翻十八個筋斗都沒問題，你演戲這麼講排場？」

順風耳走下石橋，赫然發現橋頭擺放一座大香爐，用整塊大理石雕刻而成，比媽祖的那座至少大兩倍，雖然舊了些，看起來仍然氣派不凡。他想：這哪吒小子實在氣粗得很，這樣的香爐都不要，丟在橋頭，還要換個新的。改天可要去看看他的新香爐，又造成什麼嚇人的樣式。

阿兵哥們看順風耳盯著香爐看半天，還捨不得走，問說：

「這香爐扔在這裡好久，沒人要，你看中意了？」

「我若想要，你們肯不肯幫忙搬？」

阿兵哥們大笑起來。有個黑臉小子還笑得咳嗽，雙腳勾在橋欄前仰後翻：「只要不搬過橋，往哪兒搬，沒問題！」

「好！幫我扛到那座大房子前面，正中擺好就行。」

阿兵哥們你望著我，我看著你，又問道：

「眞要我們扛？我們是開玩笑的，你要這香爐什麼用呢？」

「別多問，說話算話，抬去就是。」

順風耳忍住一肚子氣，不再多說。他大步走，走到廣場中央，仔細看看這座將完全屬於自己的新廟的新氣象。

戲台前的廣場，比媽祖廟前庭大多了，新廟四周的樹木蒼翠，空氣清新，絕對不會有排油煙機噴出來的怪味道。大房子高是夠高了，寬和深則談不上，屋頂平台的造型也太簡單了些，當時是誰設計的，怎麼連個瓦簷也不蓋呢？

將在今晚演出的歌仔戲團，早已派人來布置戲台，五顏六色，花草繁複的針繡布幕，把一座戲台布置得富麗堂皇，在夕陽下閃著金光。

順風耳再回頭，卻看見那三個阿兵哥還在石橋上蘑菇，不禁

「嘿」叫起來：「還不動手嗎？怕抬不動了？老實說，我一隻手就可以把香爐拎過來的，我是看在你們有誠意，讓你們表現表現，怎麼又推推拖拖？」

黑臉的阿兵哥趕緊說道：「既然你這麼厲害，自己動手就可以了。讓我們看看怎麼個拎法，我們學會了，回去拎坦克車。」另一個阿兵哥也說道：「別客氣，表演一下，要是表演失敗，我們保證不笑人。而且，馬上幫你抬過去。」

順風耳一聲暗笑，走過去。他伸出單手，用食指和拇指捏住香爐耳，回頭再看了看三個阿兵哥，他神閒氣定，一提，就像要提起一只茶壺。

香爐，竟然不動。

順風耳不信，換用手掌，再提一次，香爐還是沒動。他用腳尖撥一撥爐腳，看它有沒有被水泥封定，卻也沒有，奇怪了，想當年提起鵲橋上的石獅，也只用食指和拇指一捏就走；哪吒小子的舊香爐，難不成下了符咒？

「雙手抱抱看，能抱走，我們就算開眼界，服了，拜你當師父。」

順風耳還不信邪，只肯以單手手掌伸到爐底。他用力一托，再一托，又一托，還是托不出力氣，三兩下，急得汗水都冒出來了。他改用雙手環抱，香爐的一腳給他猛推、猛擠，總算浮起半塊豆腐乾高度，可挺沒三秒鐘又頹然落下。這雙手中了什麼邪？他仔細檢查手臂，也沒走樣啊！

「好了，別看，你的手臂比我們也粗不了多少，」黑臉的阿兵哥說，「我們閒著也閒著，這香爐你想要，我們這六隻手臂借

你，幫你抬去就是。不過，話先說清楚，我們只管抬去，要是挨人罵，再叫我們抬回來，我們可不幹。」

「不會的，你們放心……」

三個阿兵哥吐了口水在手掌上搓一搓，和順風耳各占一角，蹲馬步，喊：「一、二、三！」又大叫一聲：「喝！」把香爐抬到膝蓋高。

他們像烏龜走路，慢慢移動，脖子僵硬地伸長，四張臉孔脹成豬肝色，眼珠凸出得太厲害，所以轉不動了，雙手雙腳又發僵發麻。他們扛抬住香爐底，相互打氣：「挺住，不要放下，走，走，走！」穿過樹林，下了台階，顛顛倒倒來到戲台前的大廣場。

放下香爐，阿兵哥們像關節失靈的木偶人，呻吟著，彎曲手臂和雙腿，他們慢慢起身站立，只聽得關節「喀喀」響，挺起脊梁更是嚇人，好像脊梁早已斷成一節節，矯正不過來了。

黑臉的阿兵哥喘吁吁問：

「今天演什麼戲碼？『火燒紅蓮寺』才需要香爐當道具。」抬香爐的一路上，順風耳已氣惱得不得了，一身氣力都到哪裡去了？出廟門，才脫了一件戰袍，就出這種事？他告訴阿兵哥們：

「你們今天做了一件大善事，將來我會好好保佑你們，賜福給你們。」

阿兵哥「哎喲！哎喲！」地做著柔軟操，聽順風耳還這麼正經地說，只差沒哭出來。

「是啊！你該好好保佑我們，我們回營後還要有收心操哇！

天哪！我的每塊骨頭都走位了。」

「放心好了，就跟你們長官說，你們幫順風耳一個大忙，他很感謝，將來你們部隊有事，儘管來找，他會找他的好弟兄趕去助陣的，你們知道我的好弟兄是誰吧？」

「你覺得你很幽默吧？」阿兵哥們忙做柔軟操，根本不想猜。

# 脫去戰袍怎失了神威

雖是手下敗將哪吒小子丟棄的舊香爐，將就擺起來，左看右看，卻也像模像樣。這座大理石香爐，保守估計，至少也插得三兩千炷香，這些香火一旦薰起來，一定直沖天庭，教眾仙看了羨慕。順風耳想著，高興了，繞了香爐轉十八圈，好好欣賞了一番。

戲台兩側有樓梯，順風耳擺出嘴角往下拉的「神」色，一步步踩踏上去，走往戲台中央，和香爐對正，站住。在媽祖廟的時

候，總有些手癢的、不知禮貌的人，隨意在他身上拉拉扯扯，那座台基只夠腰身高，躲也躲不掉，現在，在這高高的台上，總算可以不受騷擾了。他的大眼珠一溜一轉，發現那兩側的樓梯口沒欄柵，這怎行？這萬萬不能開放，要堵起來，免得不懂規矩的大人、小孩跑上來。

於是，他找來四把椅子，每個樓梯口各堵兩張。

順風耳在戲台中央，踮腳一看，越過樹梢，紅霞簇擁的遠方，居然是媽祖廟高翹的飛簷。眞沒想到，自己的新廟和媽祖廟是遙遙相對的，雖然樹木和房屋遮擋，那個老弟兄的千里眼，想必也能看得清楚吧？大眼睛忠厚老實，是個可靠的好朋友，壞也壞在他太實心眼，總是有那麼一點不開竅、想不通。他看到我才出門就找到了新廟，該會很安慰，也很羨慕吧？

勢。順風耳輕咳一聲，雙手扠腰，兩腿張開，擺出一個威風的姿勢。他想，新廟新氣象，總得有個新姿勢才行，站了一會兒，卻覺得不對勁，這姿勢看來太粗氣，有一點像要開打的架式，不太好。

他又挺胸，再把兩腿合併，站了一會兒，覺得這姿勢像練某種氣功，太像大清早到媽姐廟前庭做運動的人，也不好，於是又將雙手放下來。站了一會兒，老覺得像被誰罰站似的，這種立正姿勢也太累了，活像個標兵，更不好！

順風耳苦惱得不得了，他換成稍息姿勢，覺得好像被五花大綁，等著判刑的罪犯；換成雙手抱胸，又覺得好像一個有理說不清的人，開口閉口就是「我、我、我」的和人叫嚷嚷；他將手掌枕著下巴，忽然就發起呆來，直想打瞌睡。唉！這些姿勢沒一個

能讓自己滿意，外人看了更別說。

平時遇到大小煩惱，有千里眼可商量，要不也有媽祖婆婆可請示，現在，沒人幫出主意了。他換了十幾種新姿勢，再一想，何不試試老姿勢如何？

他把兩腳站成一前一後，左手握拳放在小腹前，右手半握拳放在腰間，身體微微前傾，半側著臉，讓大耳朵正對廣場，像傾聽善男信女敘述的標準姿勢！這老姿勢，擺起來自在得多了。

藏在榕樹上的那件戰袍，眞後悔沒順手帶過來，只穿一件紅色單衣，實在顯得不夠威風氣派。那件金光閃閃的戰袍，雖然重了些，但是質料好，做工細緻，天底下難再找這麼一件了，應該派人去帶回來才是；少了這件戰袍，難怪剛才那些人，一個也不認得我是堂堂順風耳，可惡！

一羣人拎著酒菜，從廣場盡頭直朝著新廟的方向走來了，這羣人面帶笑容、歡歡喜喜，誰看也知道是來朝拜的人。順風耳一陣驚喜，心想，好快呀！香爐才擺不到半刻鐘，就有人來燒香了。這些拎酒菜的人，又跟隨著一羣老人和小孩，就是在樹下躺椅上喝茶聊天的那些人。太好了，他們馬上要知道我是誰了。

順風耳又把姿勢重新擺好，挺起胸膛，臉部的肌肉放輕鬆，兩邊的嘴角往上拉，做出一個微笑，一個可愛、可敬又有點慈祥的表情。

這羣拎酒菜的人，原來是歌仔戲團的工作人員。他們布置好戲台，到附近的夜市買些食物，準備好好吃一頓，免得夜戲開場，搬不動布景、敲不動鑼鼓。他們看到戲台中央站著一個人，穿著一身大紅的單衣，他不是歌仔戲團的演員，但那張臉孔又似

曾相識，只一時記不起在什麼地方見過，是新來的演員？怎沒聽人提起？

再一看，看他擺出來的姿勢，幾分像武打把式，練武功似的。練武功？也不必跑到台上來呀！再一看戲台前搬來了一座大香爐，大家都納悶，這是什麼花樣？

一羣人走到戲台邊，發現樓梯口堵了兩把椅子，上不得。帶頭拎一瓶米酒和一包油炸臭豆腐的男人，見其中一把椅子，正是自己打鼓點坐著的，被扛過來當柵欄是什麼意思？他大聲問道：

「台上這位先生，您是從哪裡來的？誰請你來的？」

順風耳不理他，還是文風不動地擺好姿勢。我從哪裡來的？有眼無珠！問這種沒見識的話。

「我講話，你聽到了沒？」禿頭男人見順風耳不理不睬，把音量提高了，又問一次。

順風耳上揚的嘴角，漸漸拉平，又垂了下來。我順風耳，什麼聲音聽不見？我是大神不計小人過，不計較你粗魯無禮，還把我當耳聾？

「嘿，你這個人眞有意思呵，喊你兩三次還不吭聲，你到底是哪一路的，你擺什麼譜？」禿頂男人把米酒和油炸臭豆腐放在梯階，一手將堵在梯口的兩把椅子提開，「咚咚」走上戲台，所有歌仔戲團的工作人員也跟了上來。

在台下看熱鬧的老人們問道：

「他不是你們的團員？」

「我們的團員？我們歌仔戲團隨便找一個，扮相都比他好。」禿頂男人氣呼呼說道，「你是來鬧場的，來戲台裝瘋賣

傻？老實說！這香爐是不是你抬來？」

所有人都大笑，剛才爬樹的那個小孩說：「奶奶，他是不是大力士？」禿頂男人摸著自己光溜溜的頭，不好意思的說：「香爐有千斤重，哪裡會是他抬來的——你說話呀！」

順風耳慢慢將臉撇過來，睜大眼睛看著這一羣人，大叫一聲：「無禮！」他眞是痛心極了，原以爲他們是來朝拜的，誰知比起到媽祖廟的人還野蠻，還不知禮。唉！枉費我這些年在媽祖廟日夜當班，全年不休假的值勤，這些人哪！

這羣人被順風耳的叫聲，嚇退了好幾步。回過神來，也反嘴叫道：

「你到底站在這裡幹什麼？」

「統統下去！」順風耳又是一聲大叫。

「你不要開玩笑，還有一小時就要開場了，我們有很多工作要準備，你再不下去，我們不客氣了。你想演戲，可以去找我們團主商量，請他訓練，要是你想看戲，請到台下去，拜託，拜託。」

「大不敬！你們竟敢對本順風耳大爺如此無禮，還不趕快下去膜拜。」

「你是順風耳？我還是牛魔王哩！」

禿頭男人看順風耳不下台，他大步走到後場，取來了馬鞭、七星寶劍、關刀……七八件道具，分遞給其他人，說道：

「有理講不清，把這個假猶的給我趕下台！」

戲台下的人越聚越多，他們看戲台的彩燈還沒亮起，卻刀棍齊備，就要演出一場武打，全都擠到台前來看熱鬧。

順風耳高舉雙拳，擋過七星寶劍的劍鞘，卻狠狠被抽了一記馬鞭，手臂麻得他「啊」叫起來。歌仔戲團的工作人員，把順風耳逼到戲台邊，「呼！呼！」叫著，趕狗一樣要把順風耳趕下戲台。

台下的老太太，抓著自己的衣領，求情說道：

「危險哪！別把他逼下來，這麼高的台子，教他自己下來就好，不要眞打他，他只想過戲癮，誰年輕時候，不想上台亮相啊！你們不要對他這麼凶。」

「不是我們要打他，好話說盡，他就是不睬，還想裝聾，沒辦法！」

順風耳乘機閃到一邊，戲台工作人員又揮舞刀棍，追得他團團轉；雙方人馬都上氣不接下氣，額頭冒汗，比正式演出的武打場面還費力、還認眞。

赤手空拳抵擋一羣人追趕，順風耳節節敗退，當年的一身神力和武功，絲毫也使不出來，恨！

這時，順風耳除了惱怒，更升起陣陣悲哀。不過兩個時辰，就從供人膜拜落到這種狼狽像，我是媽祖第一護衛、當年第一武將，還是第一落魄漢、當今倒楣鬼？我到底是誰？

在樓梯口，手持馬鞭的禿頭男人叫道：

「下去呀！下去。再不下台，我們眞不客氣了。你要知道，這些道具耍起來，還是會傷人的。」

這樣的局面，這樣野蠻無禮，痛心哪！再耗下去也沒有意思了。順風耳心想，算了，算啦，下台另作打算吧！他眞傷透了心。

一跨腳下梯，那瓶米酒應聲倒下，滾落台階，酒瓶便碎了，玻璃碎片順著酒汁，灑得樓梯上全是。

禿頭男子一聲慘叫：

「好大膽！賠我一瓶米酒。」

順風耳再一腳，又將那包油炸臭豆腐踩得稀巴爛，左腳一滑，三階當兩階，跳下樓梯，一塊碎玻璃正中穿過鞋底，痛得順風耳也忍不住尖叫。

禿頭男子看他的臭豆腐也被踩爛，簡直氣瘋了：「你還凶，還敢叫？別跑，賠我的臭豆腐！」他從戲台縱身往下跳，揮舞馬鞭，追趕著抽打順風耳。

順風耳鞋底那片碎玻璃終於刺進他的腳掌心，一陣劇烈的刺痛由腳底沖上腦門。他連滾帶爬地又彈起來，一跳一拐擠過看熱鬧的人羣，衝出廣場外，穿過樹林，跑上了石橋。

有人說：「這男人全身香噴噴，好像抹了檀香似的，看來也是個考究的人，怎會上台鬧這種笑話呢？」

歌仔戲團的工作人員，還緊追不放，看熱鬧的人說了：「跑了就算啦！你們是出外人，他也不像本地人，出門在外，誰都難免有困難，難免失常、鬧笑話，放他走吧！今晚好好演，我們補一頓消夜就是了。」

順風耳瘸著左腳，半跑半跳地來到噴泉假山。那些追趕的叫喊聲，在他超級靈敏的大耳朵聽來，還清晰可聞，彷彿就在身後。他在假山前停了一秒鐘，一頭往瀑布後的大石縫躲進去，身子貼著潮溼的石壁，不敢出聲、不敢動彈，努力壓住氣喘。

躲過了片刻，人聲似乎全收回去了。仔細聽，只有夜蟲吱吱

地鳴叫和身邊的瀑布淙淙水聲。這時，順風耳才舒出一口大氣，緩緩蹲下，挨著凸出的石塊，半蹲半坐，調和呼吸。

# 高舉傷腳望天星找願景

順風耳被追趕逃跑的當頭，只顧東竄西躲，還不覺得身體有什麼不適，這一坐下，發覺全身痠痛。

手臂和大腿的肌肉，碰不得；光線太弱，要不，可以看見大塊烏青和一條條鞭痕了。順風耳稍稍移動左腳，不對勁！鞋子裡黏糊糊，腳掌心像刀割一樣，他蹺起二郎腿，彎身將鞋子解開，一陣血腥從鞋裡迎面撲來，衝得順風耳趕緊將身子坐正。看不見鞋底和腳掌沾了多少血跡，順風耳摸索腳掌，摸到一片碎玻璃，

嵌進腳心，少說也有半寸深。他閉上眼睛，指甲掐住玻璃碎片。這還不行，草率拔了玻璃，要是血如泉湧，拿什麼來止血？他摸摸褲子，想想只有撕下一截褲管充數，明知扯掉半截褲管，看來不成體統，但事到如今，還有什麼辦法？

這條絲綢紅褲，穿了好多年，順風耳稍用手勁，便「咧——」地撕下一截。

順風耳就著瀑布流下的清泉，將鞋裡和腳掌的血漬沖洗乾淨，鞋子放在高處晾著，才閉上眼睛，咬緊牙關，猛一用力，將玻璃碎片拔出來。趕緊拿半截褲管把腳掌纏了幾圈，打結，綁緊，身子往石壁一靠，左腳擱在一塊石頭上，高高抬起。

這一招止痛療傷法是媽祖婆婆教給他和千里眼的。

那是他和千里眼來媽祖廟報到的第一年，農曆三月二十三日媽祖婆婆生日的早上，他們選了吉時上街遊行。

街旁的住家門口，擺著清果，人們聽見開道的鑼鼓樂聲，忙不迭點了香，擠到路邊來，笑咪咪，喃喃有詞地祈福。

他和千里眼在媽祖婆婆轎子前，大搖大擺，好不威風。事情來了，廟公那個冒失的小兒子多事，手腕提一大袋的鞭炮，右手持一根香炷，緊跟在他們身邊。

這種場面，還用得著自備鞭炮來壯大聲勢嗎？善男信女一路放的喜炮，夠熱鬧了，那小子硬要湊一腳。

放鞭炮是不是要看位置、抓對時間？

他不是！想到的時候，不定時東炸一串、西爆一排。這傻小子不是故意便是少根筋，什麼地方不好放，偏偏就爆在順風耳和千里眼的身前腳後，教他們走起路來，快也不是、慢也不對，直擔心那小子忽然擲出一串，讓他們跳腳。

在這麼盛大隆重的場面，能停下來跟那傻小子說清楚，嚴重警告他？順風耳和千里眼只有忍一肚子氣，心驚膽戰地走。

大街小巷繞了十幾公里的路途回來，在進廟門的那一刻終於出事了。廟公的小兒子手上還剩兩串鞭炮，急著把它放完，正好賞一串給千里眼的右腳，再一串賞給順風耳這隻多災多難的左腳。滿地蹦跳的鞭炮，炸開來，把哥兒倆的腳背炸得起了大水泡。

那天慶祝活動，一直鬧到夜晚十一點才告一段落。

順風耳回想起來，覺得媽祖婆婆也眞不容易，她老人家雖從早到晚一直坐著，但一天要應付六千多位來朝拜的客人，還要和那些從四面八方來祝壽的大神小仙們寒暄，心中還擱著數不盡的人間難題，等著她老人家去排解、去想辦法呢！當她知道兩愛將的各一隻腳被鞭炮炸了個大水泡，她馬上吩咐廟公下班，大門關上。她款款移駕，離開寶座，挽起袖子，親自替兩人療傷。媽祖的菩薩心腸，恐怕也是不多見吧！

媽祖婆婆雖也滿臉倦容，仍用清水洗淨他們的傷口，還輕聲地安慰，光是那樣從來沒聽過的慈祥語調，便能化盡一切怒氣，治療所有傷痛了。媽祖婆婆掏出錦囊珍藏的藥散，敷在傷口，再用白布紮上，傷口的灼痛就這麼消失無蹤，彷彿即刻便痊癒了。

順風耳和千里眼向媽祖婆婆報告，傷口已不痛，媽祖婆婆卻要他們多休息一會兒，她拿了兩塊椅墊教他們躺下，將傷腳架高。她說：

「把腳抬高，減輕疼痛，也可止血，你們走了一天，夠辛苦

了，讓腳歇歇吧！」

躺在柔軟的椅墊，正好仰望天窗外的閃爍星光；小小一扇天窗，幾顆星子悄悄移動，市聲塵囂被隔絕在廟門外，媽祖廟內的安詳氣氛，如同溫軟的輕紗，婀娜飄移，層層地覆蓋在疲倦的身上，啊！闖蕩江湖多年，從來不曾有過這般平靜而滿足的心情呵！

可現在，仰望夜空，一樣的星光閃爍，一樣是高舉左腳，身旁的椰影宛如廟廊的石柱，但心情，有哪一點相同？

孤單的感覺，就像穿過石縫的水氣，若有若無地瀰漫上心頭，冰冰涼涼，教順風耳只想動動麻痹的身子，一口大氣將它吐出來。

孤單什麼呢！怎可以有這種想法？離開媽祖廟才半天，談什麼寂寞？要是讓外人知道，要被笑話了。

順風耳又一想：俗話說得好，天下沒有不散的筵席，沒有永遠團聚的親人，更沒有永遠結伴的朋友。能相聚是緣分，一旦離散，只有自求多福，再結福緣，這樣牽牽扯扯掛心上，不也像無數根繩索，繫綁住前行的腳步？邊走邊回頭，不能勇往邁進，還談什麼自立門戶、開創大好前程？

對！慧劍斬情絲，不能再回想媽祖廟溫馨的氣氛了。媽祖婆自私，千里眼懦弱，他們的缺點，老實說，也眞不少。多想無益，還是站起來行動吧！不能受一點挫折阻撓，便喪失鬥志。順風耳大呼一口氣，像嘆息，對！「嘆息是爲了吸更大一口氣」，找回當年在棋盤山的勇氣吧！

順風耳摸摸腳掌的止血帶，乾燥的，傷口已不再出血。他取

下鞋子，踩了踩，隱約還有些刺痛，他起身拍拍衣服，重新穿戴整齊，再看褲管一長一短，身子也老覺得歪一邊，索性把另一截褲管撕下，變成一件寬鬆的七分褲。

他掬一口清泉，一半漱口，一半喝下，覺得精神好多了，一種嶄新的心情又回來了；雖然左腳有些不便，跨起步伐，還是步步有聲。

# 夜市的溫情和攤販一般多

小鎮的夜市，設在公園圍牆外，一百多家各式攤位，團團圍住，擺成亂中有序、鬧中有優閒的大排檔。

日落不久，夜市剛開張，這還不是最熱鬧時刻。逛夜市買雜貨，吃消夜的人，總在八九點以後才會成羣來到。攤販們趁這空閒時候，忙將桌椅擺開，將營生的食品、貨物一樣樣排列整齊。他們總想把攤位布置得光鮮搶眼，吸引過往客人，留住他們的腳步，讓他們掏腰包消費，這就對了。

公園東門外，清一色是賣吃食的攤子。

燈火亮得刺眼的攤位上，無所不有，炒螺肉、炒羊肉、牛肉麵、鍋燒麵、油炸龍鳳腿、壽司、肉串、糖番薯、木瓜汁、四果冰、甘蔗汁……辣的、鹹的、酸的、甜的，連苦得教人眼睛鼻子皺成一坨的苦茶，也擺了一口大罎子，占個攤位，大力促銷。

順風耳反背雙手，一攤攤巡視過去，鼻翼不禁撐開了，嗅覺變靈敏了。他飽吸每一攤的香味，口水，免不了湧個不停。

第一個想到的竟然又是媽祖婆婆。這麼豐盛的排場，媽祖婆婆大概也想不到，別說親眼見過、動筷子嘗過！除了出巡，一年三百六十四天，她天天坐在絲幔後面，哪裡看過這種精采生動的光景呢？

天天窩在廟裡，實在不行。「見識、見識」，有多少事物需要見過才能開眼界，眞正認識的；光聽別人傳說，哪會有趣？哪實在？

可憐哪！媽祖婆婆，等我找到新香爐，回廟拜訪，一定要勸勸她，一個月至少要放三五天假，到廟外參觀見識，免得落伍還不知。

順風耳經過「西瓜大王」的攤子前，攤內一位穿無袖白衫、白短褲的小姐，輕聲叫喚：「進來坐吧！吃一片冷凍的南澳西瓜，包甜的，不甜砍頭。」

只見那小姐手持一把兩尺長刀，纖手一揮，一顆石墩大的西瓜，應聲剖開，露出赤豔豔、水汁汁的果肉。順風耳嚇閃一旁。這西瓜女王聲音甜美、身材婀娜，儀態勝過鐵扇公主，身手功夫卻不是開玩笑的，見她沒費多少力氣，手起瓜破，這刀法的厲

害，愈內行的愈看得明白。不知何方女俠，來此占一山頭稱王？順風耳趕緊閃身，不敢多停留；快走幾步，才回頭，看女王還高舉長刀招喚，他走得更快了。

攤販將夜市分成好幾區，性質相近的攤子聚在一起，不知是爲客人方便，還是好讓生意的勝負立見分曉？過了飲食區，接連二十幾家賣的都是男裝、女裝、童裝、休閒服、棉被和竹蓆。

成堆的衣服鋪在塑膠布上，一件件掛在衣架上，花色和樣式，沒一件是順風耳看過，看得他眼花。成衣販對著順風耳叫道：

「『夏一跳』大落價啦！『頭家跑路』半賣半送。」他順手抓起一條長褲，嚷叫：「特級麻紗料，保證不縮水不起皺，通風又涼快。多少錢一件？五百？今天不必，三九九，買一條送一

條。走樣變型，拿回來換，再送一張『刮刮樂』彩券。」

順風耳靠過去，揉揉那條長褲，果然質料柔細，樣式大方，比他身上穿的這一件不知好過多少倍。

這時，順風耳生氣了。他想起千里眼那件皺縮成抹布一樣，又被老鼠咬了破洞的燈籠褲，那樣的褲子，三五年前早該換下來，千里眼還寶貝似的穿在身上，在出巡時上街獻寶，在廟裡供人拍照。

當然，千里眼也說過堂皇理由，安慰自己。他說：

「這一切都是民脂民膏，過得去便行了，太揮霍，對不起媽祖婆婆，也對不起善男信女們。」

天哪！一束上等檀香，比一條褲子貴多少倍呢？千里眼是標準的面惡心善，他受委屈，從來不抱怨，這些年在媽祖麾下服役，在廟裡罰站受氣所磨鍊出來的涵養，教天上天下所有大神小仙統統站出來，排隊比一比，也沒有幾個比得上的，是不是？

他這樣不顧堂堂大神的外觀形象，忠心守護媽祖廟，爲媽祖婆婆分勞解憂，當家的媽祖婆婆眞不知？眞忍心不對他多關照一點？

這種褲子破洞的事，千里眼不會自己說。千里眼實在太忠厚了，媽祖婆婆也實在太不應該，她難道不知「佛要金裝，人要衣裝」的起碼道理？一條褲子，也要屬下懇求，她才會代為張羅？

千里眼的脾氣，老實又固執，衣服穿在身，要合他心意，又得合乎別人看法，難挑得很。改天回廟，請他自己出來挑選，比較妥當。順風耳交代成衣攤販：「這條褲子幫我留著，改天我請我的好朋友自己出來看，少說我幫他買個十條、八條，讓他天天

換穿。」

順風耳來到更熱鬧的綜合區，有擺著大小瓷偶，讓人套藤圈圈的攤位，有讓人拿棉紙網撈金魚的水池。還間雜賣錄音帶的攤子，巨大的黑箱子發出震破耳膜的音樂，順風耳最不能忍受這種嘶喊，他掩住耳朵，半跑半走地躲開這地方。

順風耳在賣家庭小器具的攤位前觀看了一會兒，那些指甲剪、耳扒子、記事本、晒衣架、漱口杯、原子筆……沒一樣他見過，他一件件抓抓捏捏地欣賞，覺得樣樣可愛。攤販對他說：「三件十元，隨你挑。」

順風耳的紅色單衣，連個口袋也沒，攤販看他摸遍衣服，沒掏出一毛錢，問道：「錢袋不方便是吧？沒關係，你中意哪幾樣，先拿去用，改天來，再補給我。」

「這些東西做得眞好看，怎麼個用法？」

攤販看順風耳一臉當眞，想笑，但不方便笑。他想，就這樣吧，不管來人是不是裝傻，反正夜市剛開張，閒著白閒著，磨磨牙也無妨。

「這是耳扒子，你的耳朵大，福氣也大，大概耳垢也多，用這個清耳垢最方便。耳垢塞住耳孔，會聽不清楚呵！」

「這小玩意這麼管用？」順風耳想起平日偶有聽覺失靈，耳孔癢得全身起雞皮疙瘩，大概就是耳垢作怪。從前每逢耳孔癢，總以爲是過往的老戰友、老同學們想念，特別是那些手下敗將的對手不甘心，嘀嘀咕咕叫著自己的名字造成的呢！

「有沒專治眼睛不舒服的？我有個老弟兄，你大概認識，長得高高大大、很威武、很體面的，他一眼望過去可以看千里，不

過，最近老是眼睛不舒服。」

「他一眼看千里，兩眼合看還得了，他不比千里眼還厲害？說正經的，你那朋友眼睛出了什麼毛病？」

「倒睫毛。」

「小事一樁，這個夾子帶回去，幫他拔一拔便行了。」攤販拿了一支拔豬毛的小夾子給順風耳，說道：「教他忍一忍，痛兩下就過去了，千萬別用手去揉，會把他的千里眼揉壞。」

「你怎知他的名字？」

「你不是說他能看千里嗎？」攤販大笑，「下次帶他來，順便幫我看看，什麼所在擺攤生意好。」

「你這個人眞厲害。」

「再過去十來步那個算命先生，才眞叫厲害，指頭扳一扳，誰的命，他都可以算清楚。我算什麼呢？要眞厲害，今天也不在這裡擺小攤子了。」

「話不能這麼說，像你這麼和氣又努力做事的人，有一天時運來了，一定有成就。創業總是難一點，無論如何，總不能看不起自己，我們要有志氣，對不對？」

攤販不好意思的搔頭摸耳，笑說：

「難得有人跟我說這些好話，謝謝你，你說的和那算命師說的一模一樣。」

既然給千里眼帶一樣禮物，也該替媽祖婆婆挑一件才是，但媽祖婆婆的金銀珠寶，滿滿掛了一身，眞不知道她還缺些什麼？

攤販知道後，忙不迭問道：「多大歲數了？」

媽祖婆婆有多大歲數？恐怕她老人家自己也算不清楚。順風

耳苦惱地搖頭。

「女人少不了要縫縫補補，老人家的眼力差一些，這裡正好有個新發明——自動穿針引線的小工具，對老人家最適合。」攤販又忙著示範，用那小發明穿針，眞是一點也不費眼力，眞稀奇！

順風耳拿了耳扒子、拔毛夾和穿針盒，向攤販說道：

「今天我身上沒錢，不能給你，你放心，等我創業，有了錢會加倍還你，也會好好保佑你。」

「客氣什麼呢？我說過了，改天要是再來逛夜市，記得就給我，不記得也就算了，幾樣小東西，哪抵得你對我的鼓勵？」

「我一定會保佑你。」

「慢走，有空再來。」攤販和順風耳道別，又說：「我敢打賭，在哪裡見過你。像你這種身材長相的人，一看就知不是凡人，不是平凡的人，能跟你結緣，是我的福氣。我只求平安，不求添福壽，敢問你做什麼大事業？」

順風耳大笑：「等我創業成功，你會知道的，也會想起來在哪裡見過我。」

# 鳥卦籤詩信不信由人

順風耳走了幾步，聞到陣陣檀香，精神爲之一振。天下所有的氣味，他還是覺得檀香氣味聞來最舒服、最習慣；只半天沒聞到這氣味，卻感覺有好久好久了。

他掀動鼻翼，搜索氣味的來處。

在圍牆的一處陰暗角落，他終於發現了小香爐，這香爐大小和一般飯碗差不多，陶瓷製的，正燒著檀香粉末。

小香爐擺在小桌上，看著也匹配。桌角一只竹籠，養著一隻

文鳥，文鳥探頭探腦，在籠裡跳個不停，牠紅紅的尖喙在竹籠東啄一下、西啄一下，不太安分的樣子。

再一看，有位老人，抽著長菸斗，坐在小桌後，他傾斜身子，眼睛半睜半閉，嘴巴開開合合，喃喃自語。他不像其他攤販拉著嗓門招呼客人，倒像是出來納涼休息的。

順風耳奔走了一天，受了些委屈和驚嚇，順風耳看老人這麼坐著享受香火，雖然小桌小椅，門面寒傖了些，可這不講究排場，神色反倒從容，就這樣舒舒服服斜坐著，也不會有人看不順眼的。

這只香爐雖小，但攜帶方便，入夜後，一桌、一椅、一香爐，在人來人往的夜市，也不怕沒人上門，高興，多擺些時候，不來勁，早早打烊，也沒人管得著。

順風耳靈機一動：何不和老人打個商量，請他把位置讓出來？

老人發覺來了客人，仍保持優閒姿態，淡淡說一句：「請坐，問運途，還是問事業？」他輕輕提起陶壺倒一杯茶，推到順風耳座前，又從桌下拿出一只籤筒，搖了搖，穩穩放著，「問婚姻，還是問子嗣？」

順風耳細看這籤筒，它簡直和媽祖廟那只一個模樣；筒身是烏心木雕刻成，籤枝被求籤人的手汗浸透得黑亮，給暈黃燈光照射，閃爍「歲月有冷暖，世事多變化」的光澤。

順風耳輕咳一聲，問說：「我是問，問你在這裡，設爐多久了？」

「設爐？」老人掀動眼皮，打量來人，問道：「這位客人，

想問什麼？」老人把身子坐正，定定看著順風耳。他看來人身材高大，濃眉大眼，最奇特的是那一對大耳朵，招風耳不像招風耳，菩薩耳又不像菩薩耳，那耳尖高過眉線，耳垂又低過下巴，赤紅豐厚，異於常人，他幫人算命四十年，還沒有遇見過這種長相的顧客。

「我是想，你這個位置能不能讓給我？」

老人吃了一驚，手中的長菸斗，險些掉落地上：「你說什麼？」

「不瞞你說，要是早半天遇到你這個小廟，我是看不上眼的，小神案、小香爐，我坐在裡面，不好比大象坐小船？不配。我想，你這個地點不錯，過往行人多，才轉了念頭的，把位置讓給我，我會保佑你。」

老人還是以爲眼前這個大耳朵，要來請他算命，他腦筋一時還轉不過來，拈著鬍子，把順風耳的話，從頭到尾再想了一遍，越想越不對勁！這人分明是要來搶飯碗的，偏又把話說得這麼漂亮。把位置讓給他？他會保佑我？憑什麼，就憑一句話，說保佑我就保佑我？我擺桌號稱張鐵嘴，四十年了，也不敢說這樣的話呀！

想清楚後，老人的眉心冒起一把火，他拍了一下桌子，說道：「你越說越順口！」桌上的香爐和籤筒，往上一跳，老人趕緊雙手抓住它們。

順風耳聽老人大喝一聲，也吃了一驚，看那籤筒跳起，也伸手去抓，這一抓，抓到老人的手。老人覺得手掌一陣劇痛，手指「喀喀」響，彷彿被老虎鉗子夾緊。他「啊」地一聲，想要抽

回，半隻手臂已麻木，順風耳納悶望著，緩緩把他的巨掌放開，老人小心收回他合不起也張不開的手掌，像吹著火熱的烤番薯一樣，呼呼吹。

老人的怒氣自動消了一半，他想起古時候的武士比武，在正式開打前，雙方都會露一手展現力道的絕技，殺殺對方的盛氣。眼前這大漢莫不也是有備而來？

他忍著痛楚，邊吹手掌，悄悄拾起長菸斗。順風耳的巨掌還擱在桌上不動，他正專心看著老人古怪的動作。老人將火燙的菸頭移到順風耳的手掌，用力一按！只見順風耳張開大嘴，兩扇大耳朵往後一翻，停了半晌才叫出聲，「啊！」地抽回手掌，使力搖抖。

算命攤接連傳出兩聲慘叫，嚇得行人停下觀看。有人以爲算命師算出了什麼不得了的命盤，自己吃驚大叫，也讓被算的人驚訝，他們越靠越近，把小小的算命攤子團團圍住。

一根不起眼的長菸斗，不聲不響地按了一下，就讓順風耳剝皮似的痛上半天，他將手掌藏在桌下，說道：「不答應就算了，何必出這毒手？」

媽祖婆婆警告過千里眼和順風耳：「你們在廟裡，不知江湖上臥虎藏龍、高手雲集，有一天，若有機會外出，要謙虛一點、客氣一點，才不會吃大虧的。」順風耳看眼前這瘦乾乾的老人，莫非就是一個高手？

順風耳暗地將座椅往後挪，老人也把圓椅輕巧拐了拐，後退一步，架式像要比武，殺氣騰騰。圍觀的人又以爲算命師看相，需要特殊排場，他們安靜，在一旁等著，不敢打攪。

這一等，卻三分鐘不聲不響，沒半點動靜。「老丈人相女婿，也不是這種相法吧？」圍觀的人裡有人說話了，「這種相法，別說是今生今世的運早該算清楚，連前三世後三世的命也該一併算出來啦！」

「這位客人，你別動收我攤子的念頭，老夫幫你算一卦，不收錢，當作是交個朋友。」算命師終於開口了，「你看怎麼？」

「算什麼？」順風耳問道。

圍觀的人一陣爆笑，「要不，你直挺挺坐在這裡幹什麼？算命師說你要收他攤子，連這都不懂，你要人家攤子是變魔術，還是擺賭攤？你這個人眞有意思！」

說話的人就站在順風耳身後，吵得他頭殼發脹，耳膜如鼓擊打。這人的口水黏答答地噴在順風耳的後頸。順風耳回頭，瞪他一眼，他才住口。

算命師一沉吟，說道：

「不可著力謂之命，命是注定的，是不可泄漏的天機。老實說，我算的是運，是後天可以努力更改的。」

「怎麼算法？」

「手相、面相、摸骨、鳥卦都可以。」

雖然順風耳喜歡出風頭，希望有人留意他，但當眞有人對他的臉孔一寸寸仔細瞧，卻也受不了。至於摸骨，順風耳是不能忍受的了。他想了一想，問道：「鳥卦怎麼算？」

算命師把文鳥竹籠提到桌中央，遞給順風耳一疊籤詩，「這隻文鳥不比尋常，牠是有靈性的。你把籤詩攤開來。」

順風耳依照指示，抓起一把籤詩，撒豆似的攤在桌上。算命

師打開竹籠門，那隻文鳥隨即跳出來，啄起一張籤詩交給算命師，又跳回籠子。

算命師戴起老花眼鏡，手執籤詩，就著微弱的燈光，開口念道：

蛇身意欲變成龍
只恐命内運未通
久病且作寬心坐
言語雖多不可從

接著又問：「這位客人，你是問事業還是問功名？問婚姻還是前途？」

「看看我的前途。」

算命師搖頭了，他說：「恐怕機運未到，還得除去心病，寬心等待，不宜太聽信外人言語，亂了心情。」

順風耳聽了不高興，雙眉擠在一起。

算命師又仔細看看籤詩，又沉吟道：

屬木利在春天宜其東方

「怎麼說？」

「想轉運，得等到春天，往東方去尋求。」

現在才盛夏，等到春天，那不還得等大半年嗎？順風耳更生氣了，說道：「再叫文鳥選一籤看看。」

算命師又將竹籠打開，讓那隻文鳥跳出來，啣起一張籤詩，交給算命師，他看了看順風耳，才又念道：

子有三般不自由
門庭蕭索冷如秋
若逢牛虎交承日
萬事回春不用憂

算命師吟哦的速度緩慢，這一字一句，順風耳聽得分明。說巧合吧！這籤詩卻有幾分靈驗，「三般不自由」？沒錯，在媽祖廟內，心思不自由、手腳不自由、說話也不自由，雖說廟的香火鼎盛，但自己什麼也沒得到，不正應了「門庭蕭索」這句話？

今年是牛年，明年虎年，「牛虎交承日」，這麼巧？一百零八張籤詩抽出的兩張，竟然說的是同一意思：一切還得等到明年春天！

圍觀的人群連聽了兩首不甚如意的籤詩，怕被沾了晦氣似的，一個個悄悄離去。順風耳也起身，心裡不舒服、不服氣、不相信，跨步就走。

算命師好修養，還奉送他一句祝福：「好自爲之啊！多多保重；不可著力謂之命，運是可以努力更改的，你就好好去運自己的命吧！」

# 不遠的東方有個馬戲團

漁港小鎮的地形，像一只大畚箕，三邊高翹的是一層高過一層的山丘，放眼前方是一座擠滿船隻，有時又空蕩蕩的漁港碼頭，漁港外，是一望無涯的太平洋。

漁家的房舍，似乎出自同一批師傅建造，家家同樣是不多修飾的水泥牆面，正中一扇雙開門，兩邊各留一扇窗，屋頂搭蓋著水泥瓦，成排成列地沿著山坡疊上去。所有的漁家房舍，不管坐落什麼位置，家家大門一律面對漁港，還在兩邊的窗下，設了長

條石椅。

漁民的生活作息單純，不出海的傍晚，三兩鄰居、五六個工作夥伴，邀集到窗前的石椅，蹺起一腳擱在石椅，就這麼聊開來。他們只要一瓶老米酒、幾碟花生、海帶的小菜，也可以東聊西扯，聊到天上的星星都沉沉入睡，才各自散去。

當漁夫出海時，這些石椅便留給了妻兒。

白天，他們把家事、功課拿到石椅來做，眼光不時拋向遠遠的港灣，等待熟悉的船影出現。尤其在氣象報告「海上風力六到七級，逐漸增強，請航行船隻注意」的日子，他們索性站到石椅上去，踮腳跟、伸脖子，睜得兩眼發痠、發紅，心頭敲著小鼓，歇止不住。

在外人看來，漁船的模樣，一艘艘都是同個師傅、同個模子造出來，但，漁家的太太和小孩，可是分辨得清清楚楚。

夜晚的漁火和船笛總該一樣吧？

坐在石椅上遠眺又聆聽的漁家老小，卻仍一盞盞、一聲聲的有分別。今晚，家家窗前的石椅，卻都空著了。

港灣裡擠滿五顏六色的船隻，船頭碰船尾，似乎早早都回來休息了。最大的一次魚汛剛過去，漁獲滿載而歸，賣了好價錢，他們正好趁這空檔，修船、補網，舒放一下筋骨，輕鬆過幾天。

石椅上總該有些漁夫串門子？卻也沒有。

每戶漁家大門敞開著，只亮一盞小燈，無人聲。

順風耳的兩隻腳被黯淡的路燈帶領著，走在漸去漸冷清的街

道。雖然說「山不轉路轉」、「天無絕人之路」，但下個落腳的地方在哪裡也不知，走起路來，總不能踏實。

離開媽祖廟才幾個時辰，這時若回頭，不正好落人話柄，教媽祖婆婆和千里眼說上好幾年嗎？

算命師特別強調：利在春天，宜其東方。他要是沒幾分把握，該不會這樣鐵口直斷。可他卻沒說清楚，究竟是正東呢，還是東北東的方向！

「天無絕人之路」是吧？讓我再走走，再找一找吧！

一戶家門，急忙奔出四個人：一對夫妻、兩個小孩，都穿戴得整整齊齊，好像要去參加喜宴。

那兩個八九歲模樣的小朋友，在門前的石階上直跳腳，叫道：

「媽媽，來不及了，還不快一點！」光叫還不算，回頭又分別去拉爸媽的手。

「急什麼？來不及，我們等看第二場。」

爸爸卻一屁股坐在石階上，扳弄鞋跟：

「一年難得穿幾次皮鞋，眞不習慣，會夾腳哩。我看，換一雙膠鞋比較自在。」

「我也是，」當媽媽的也隨口應道，「這雙尖頭高跟鞋我穿不來，『一品香』賣的捆蹄，也沒我的腳趾頭綁得緊。」

兩個小朋友一聽，腳底像裝了彈簧似的跳得越起勁，哇哇叫著：「來不及了！來不及了！」

正在又跳又叫的兩個小朋友，回頭看見石階下來了人，看仔細，吃一驚！這個穿紅衣服的人，不正是中午放學時，硬要闖紅

燈保護我們過街的人嗎？他怎麼也一個人要往山頭走，是趕熱鬧，要去看馬戲團表演的？他們奔下石階，喚住順風耳：「伯伯，你也要去看馬戲？」

順風耳被突然一問，停下腳步，看著這兩個小朋友，「看什麼把戲？」

「是東方大馬戲團的馬戲，今天晚上在山頂運動場表演。」

「東方？」

「對，東方大馬戲團，全世界最有名的，你不知？我們今天中午一直在說，好高興呵！你也要去看嗎？」

長得比較高的那個男孩說：「有老虎、獅子，還有猴子騎大象，我們好多同學都去看過了。他們說，最精采的是鐵籠裡騎摩托車和變魔術，還有小丑從大砲裡射出來。」

小朋友的爸媽換好了膠鞋出來。他們又去拉爸媽的手，說：「就是這位伯伯，中午放學保護我們過街，他是個很好心、很勇敢的人哪！」

「謝謝你，這樣照顧孩子們。」媽媽說道，「你也要去看馬戲表演？正好一道走。」

「東方大馬戲團，全世界有名的！」兩個男孩又歡呼叫道，「走哇！衝啊！」

「東方，你沒記錯？」

順風耳還要追問，那一家人已跑往斜坡去了。順風耳的精神又一振。那算命師眞有一手，果然有個「東方」在山頭等著我，眞巧妙哇！

他抬起頭，睜眼往山頭看去，在漆黑天幕與山色的襯托下，

山頭的平台上赫然有一座超大型的「燈籠」，宛如一盞明燈，懸立在那裡，把順風耳的心頭也照亮了。

「等等我呀！」順風耳大叫一聲，也一瘸一瘸地追隨著那一家人往山頭奔去。

# 人潮擁擠香火又如何

晚飯後，天黑前，早有一批批攜家帶眷的人，沿山坡曲折石階，向馬戲團的大帳篷出發。

這是東方大馬戲團到漁港小鎮公演的第五天，也是最後一晚的兩場演出，觀賞的人卻一場比一場熱烈。那些看過表演回來的人，遇見親朋好友便大大宣傳：「從我長眼睛，沒看過這麼有趣的表演。老虎，你見過吧？會吃人的對不對？他們把老虎訓練得像一隻貓，教牠們跑步、排排坐、跳火圈。乖得呵，你不相

信！」

「看電視、看電影，不更精采？」

「那怎麼會一樣？」看過表演的人不屑地說，「氣氛完全不同啦！活生生的大象、老虎、獅子，在你面前走來走去，你一顆心就要跳出來，看電視會這麼緊張嗎？那個小丑，他的手腳隨便一動，你就會被他笑倒，笑到你肚子痛，尿都憋不住。」

這些義務宣傳，比半個月前在街頭巷尾到處張貼的海報，有效得多。沒看過的人，經人家這麼一說，都覺得再不去看，眞要對不起自己，對不起這些父老兄弟姊妹，而且，也落伍了。

說得也是，全世界的馬戲團剩不到三五團，因爲開銷太大，一一都拍賣解散了。東方大馬戲團到小鎭來表演，不說百年難逢，也是幾十年難得遇上一次吧？

那些空中飛人、鐵籠飛車和獅虎大會串，漁港小鎮十之八九的人都沒親眼見過。專程包一部遊覽車到臺北木柵動物園瞧瞧也行，但想要看牠們清醒地在欄柵走動，那還得看自己有沒有這福氣呀！更別提還能看牠們表演了。

順風耳走了三百六十五個石階爬上山頭平台，見一座高聳的帳篷頂上，亮一盞旋轉燈，一條條長串的五彩燈泡，就從那頂端拉向八方，紅的、綠的、黃的，輪流的閃爍著。帳篷前的空地，黑鴉鴉的全是人頭，大家歡喜交談，恐怕誰也聽不清楚，嗡嗡嗡、嗡嗡嗡，九千隻蜜蜂的叫聲不過如此。

那一家人，沒入人群裡，忽然就不見了。

順風耳在人潮外探頭探腦觀望。啊，實在沒想到來「東方」朝拜的人，會熱鬧成這種情況，這座大帳篷裡坐鎮的是哪個壇

主？他怎有這麼大本事，讓大家肯爬三百六十五個台階來看望他？這種興旺的香火，憑良心説，媽祖婆婆還差一截，差這麼一大截。

順風耳不得不更加確信算命師的指點，心底暗暗佩服。還有那隻蹦蹦跳的文鳥，也眞有牠一嘴，啣起的靈籤，靈就是靈！這一時，順風耳的心頭全亮開了，直想大笑三聲，表示慶賀，也表示感謝。才這麼看著、想著，猛不提防，卻被人潮捲了進去，他半浮半沉地前進三步，又後退兩步，要脱身？縫都沒。

順風耳被人潮簇擁在帳篷外游了大半圈，直到耳邊響起一陣雄壯又歡樂的音樂，身子才得以控制，停止下來。這音樂是從大帳篷裡傳出來的，半空響起，人潮頓時安靜。

音樂播了兩小節，又停了，篷頂那一串串五彩燈光也倏地熄滅。波動的人潮，被這突來的黑暗罩住，不敢出聲，山頭上恍如無人，丟根針也能清晰聽見！

大家還沒回過神，麥克風傳來一聲輕咳從天而降，接著，又是用力吹氣的聲音，好像有誰捧了一根「燒甘蔗」，要將它趕快吹涼似的「呼呼」吹著。

「各位親愛的觀眾朋友，東方馬戲團來到貴寶地，承蒙各位鄉親的愛護，眞多謝。今晚的表演，馬上就要開始，請各位貴賓拿著你的入場券，到入口前排隊。今晚的節目，就要開始了。」

好像聽著外太空訪客的宣告，大家緊張又興奮地擠在一起，當大家聽清楚「今晚的節目就要開始」，人群又騷動起來。

閃爍的五彩燈光，在播音結束的同時，「唰」的重新發亮，在場的每個人，彷彿觸電一般，齊聲驚呼，人潮像翻騰的巨浪，

一起湧向大帳篷的兩處入口。大家對於這種正式表演前的序幕，感到很刺激、很好玩、很特別，恨不得趕緊進場。

順風耳壯碩的身子又被人潮夾住，浮起半塊磚頭高，乘轎子似地，輕飄飄往入口移動。

馬戲團的老闆，看見漁港的鄉親這樣捧場，緊急派出三十名團裡的彪形大漢，擠進人潮，維持秩序：「請大家排隊，不要把帳篷擠垮了。排隊，請大家排隊。」他們擋在兩處入口，架開雙臂，既不敢對熱情的觀眾擺臉色，又不得不扯開嗓門叫嚷。觀眾們推推擠擠地，也排出了兩條肥壯的長龍，在平台上轉了幾圈，「龍尾」甩往石階下去。

順風耳糊裡糊塗地任人潮擺布，三推四擠竟然還排在長龍的前頭。收票的姑娘，細脆的嗓子一叫：

「開始進場了！請把門票拿出來，謝謝。」

兩名彪形大漢，訓練有素地也跟著應和道：

「進場後，單號的貴賓請往左邊看台走，謝謝。」

前頭的觀眾興高采烈地進場了，後頭有個媽媽緊張地叫著：「文文！阿彬！別跟丟了，媽媽在這裡嘿！」這一叫嚷，一時全是小孩叫喚爸媽，女人呼喊自己孩子的小名，熱鬧得不得了。

順風耳被擠在收票入口，收票小姐玉手一伸，向他要門票。順風耳慌慌張張，東看西看，愣在那裡。

那兩名彪形大漢又將雙臂架開，順手一指，說道：

「這位先生，請你把門票拿出來。怎麼，沒有？請先到售票口買，售票口就在那個方向，」一把將順風耳請出長龍，對著排隊的人群又叫道：「門票，請將個人的門票準備好。」

「進門還要買票？」

順風耳實在想不通，誰到媽祖廟走動，不都是大步一跨就進來了，從來不要買什麼門票的，就算善男信女帶了清果金紙，也是隨他們的誠意奉獻，哪裡會有大剌剌規定的事！

想起在公園被追趕的一幕，順風耳識趣地靠邊站。

在這麼熱鬧的場面裡，有一種孤單的感覺侵襲過來了，看每個人那樣高興地交談，蜂擁進場，好像自己不只被看門的姑娘拒絕，也被所有人拋棄似的。

這山頭平台另外一邊，有一條給卡車上下的柏油小路。漆得五顏六色的三部卡車，停在小路頂上，緊挨著大帳篷，帳篷邊，散放著馬戲團的各種道具，那些鐵籠子、木箱子，少說也有三、五十口。

順風耳踱過來，發現一個中年車夫，打赤膊，穿一條花褲子，歪斜著身子正奮力拉一部兩輪拖車。這兩輪車比一般牛車大幾倍，載著一截黑漆漆的大煙囪，車夫用力拖拉，脖上的青筋浮得像一條條蚯蚓。掀開的帳篷透出燈光，恰似舞台的聚光燈，爲他照著特寫鏡頭，順風耳看了不忍，二話不說，袖子不挽，邁到兩輪車後，雙手用力一推！

好傢伙！眞不輕哩！

想來奇怪，順風耳從脱下了那件戰袍，善男信女見他像陌生人，頂多説「我好像在哪裡見過你」，他一身武功也像給廢了似的。這部兩輪車和大煙囪儘管不輕，但換在從前，單手稍使個氣力，百年大樹也會撼動，這不起眼的輪車，就算載一座超級大香爐，早給推得飛跑。

順風耳不信邪，重新擺好架式，又擺個前腳彎曲，後腳撐直的弓箭步，飽吸一口氣，「喝」一聲，再用力再一推，死命地推。

車夫忽然覺得自己如獲神力，兩輪車走動了，而且越走越快，不得不小步走、大步跑。不是他拉著輪車，反過來是車子推著他，推進了帳篷，直往表演場中央的空地衝去。

表演還沒正式開始，這時進場，不鬧笑話了？

兩輪車後頭的順風耳，只顧「嘿喲！嘿喲！」地用力，心裡有幾分安慰，能把輪車推得飛快跑，力氣還是有的，他愈想愈得意，力道也就不保留了。

這中年車夫發現兩輪車中邪似地失控，他暗叫一聲「不好」，急忙閃身跳開。載了兩根黑不嚨咚大煙囪的兩輪車，繼續勇往邁進，它沒人帶領，車頭不穩，開始蛇行，車尾的順風耳也被甩得腳步踉蹌，歪歪倒倒。兩輪車在表演場邊被一條橫躺粗麻繩絆了一下，車輪彈起，車頭一個緊急迴轉；順風耳忽被拋開，一屁股跌坐在泥地，他眼看載著大煙囪的兩輪車，回頭往帳篷外衝去。

「看你幹的好事，還不去把車子拉住！」中年車夫總算發現這股邪力的來源，他氣壞了，指著順風耳的鼻子開罵。

順風耳急忙從地上爬起來，一陣風似地跟著中年人跑去追車。大煙囪被震得哐噹響，顫巍巍地就要滾下車來，兩人一手拉車，一手扶大煙囪，一路喊叫：「讓開！讓開！」他們拚命拖住車身，抱緊煙囪，手腳亂成一條麻索。已入場的觀眾真怪，他們不怕，居然直笑，還說：「就開始啦？是哪個節目？」他們忙不

迭在漏斗形看台上找坐位，笑咪咪地招呼親友就座，眞是想看好戲。

兩輪車終於被順風耳和中年車夫捕獲，車上的大煙囪好像不太甘心，還滾動出聲，隨時要滾出來。

中年車夫定睛凝視順風耳，順風耳也好好看了他一看。順風耳看這人的眼眶塗白漆，鼻頭綁一粒紅球，嘴巴外又畫了大嘴唇，他穿著連身褲，鼓了大肚皮，腳上有鞋，但鞋子也未免太大了。這長相打扮也實在非比凡常。

中年車夫被看得有些受寵，他說：「剛才對你粗聲惡氣，請多包涵，要不是你幫忙把車子推進來，等會兒上節目，怕就要耽誤了，應該向你道謝的。」中年車夫的動作誇張，他恭敬的向順風耳一鞠躬，又抱拳拱手，說：「這些年，團裡的生意時好時壞，工作人員走的走，改行的改行，人手不夠，連道具也要表演的人自己打理，你說慘不慘？」順風耳愣愣地聽著，不很了解這人的話意，「我老覺得眼熟，不知哪裡見過你。請問尊姓大名？」

「我？」順風耳摸摸耳垂，半晌才說：「我叫高覺，少有人問我本名，我自己都要忘了，大家都叫我順風耳。」

「我也是，本名叫沈福，人人喚我小丑。小丑、小丑，聽久了也習慣，要是有人叫我沈福，怕我還會意不過來呢！」小丑哈哈大笑，「你叫順風耳，有道理，你這一對大耳朵，又大又厚，有福氣，不尋常得很。你在哪裡高就？」

「我？」順風耳又頓了頓，摸摸耳垂，說：「我在媽祖廟當差，好多年了。」

「唷，還是廟公？廟公也來欣賞本團表演，不好意思，還讓你幫了忙。」

「能當廟公那還好，你看我有福氣？小角色、小嘍囉，什麼福氣！」忽然冒出這種喪氣話，順風耳自己都嚇了一跳，才小小兩三個打擊，便禁不起啦！他說：「今天離開了，想找個合適地方，嘿，自己當家作主。」

「我扮小丑三十年了，說是小角色、說是大主角也行，我不太在意，只要盡本分，逗老人開懷，沒病無災；逗大人開心，忘憂解愁；逗孩子大笑，長壯變高，其他的事，隨機運安排。」小丑雙手一攤，瀟灑得像個年輕小伙子。

「這裡就叫『東方』嗎？」順風耳問道。

「沒錯，『東方馬戲團』，」小丑說，「最正宗的『東方』，你找人？」

「不知這裡設有香爐沒？」

「有呵！後台就有一個。」

「你們眞的叫『東方』，而且有香爐？」順風耳覺得十分奇妙，追問：「在哪裡？帶我去看看。」

「你想上香拜拜？我們奉祀田都元帥，是戲團宗師，保佑我們這種出外跑碼頭的人順利平安。」小丑說，「要是只想看一看，倒也無妨。」

# 誰能為喜怨歡悲的人們點迷津

馬戲團後場化妝室，設在看台底下，順風耳尾隨小丑走去。圓弧形的走道，掛一盞盞大燈泡，十幾個少女，頭紮高翹的羽毛，個個露一雙長腿，穿緊身衣，排排坐，在一面大鏡前對著臉孔擦擦抹抹。

兩個摩托車騎士，活像綁粽子似的穿得密不通風，一個正在穿長統皮靴，一個試戴安全帽。其他走動的男人，又個個打赤膊，做熱身操，他們扳指頭、拉肌肉，彈起跳下，各忙各的。

順風耳和小丑穿過他們身邊，誰也沒有多加留意。再往前走，便聞得陣陣異味，酸酸腥腥地鑽入鼻孔。順風耳小心張望，豎起耳朵，雙手握拳，放慢腳步，當年和千里眼在棋盤山，對這氣味是熟悉的，雖自誇天不怕、地不怕，其實對於山老虎、大黑熊，還是要讓牠們三分，要不，牠們一張口、一伸爪，扯去半邊身子，怕也來不及。這混雜的氣味，眞奇怪呀！

沒錯，後台角落活像個動物園：馬匹、大象、猴子、小狗、白豬……聚在一起；馬匹頭上全戴著羽毛高帽，象背披了件花色豔麗的毛毯，猴子、小狗和白豬也各穿了衣服，牠們有的打盹、有的百般無聊地扒土。

順風耳發現一長列鐵籠裡有十幾頭老虎和雄獅，一個手持鐵棒的男人居然站在籠裡，戳得這些山大王們在籠裡東閃西躲，大氣不敢哼一下。順風耳一驚！再看仔細，沒錯呵！是威風八面的山大王，怎在這裡落魄成比家貓還不如的地步？

小丑告訴順風耳：

「那人是我們的團主，再凶猛的野獸見了他，都要收斂七分。他的電棒一揮，大吼一聲，再凶的傢伙都要乖乖表演了。」

「他這麼厲害？」

「要帶這麼大的戲團到處跑，沒本事，行嗎？」

這時，一個滿臉老氣的小矮人，像一尊不倒翁似的跑到小丑面前，仰臉嚷叫：「你跑去哪裡了？趕快化妝，我們要上場了！」小矮人的腳底彷彿裝彈簧，不停地跳著，他穿一身娃娃裝，手上拿著奶嘴，但是語音粗啞，老得不得了，喝，還長鬍子哩！

「每次要扛道具，你就跑不見。説！躲到哪個抽屜裡去？」

小丑叫道，「要不是這位先生幫忙，光化妝，就能上場嗎？」

「小丑太爺，我有多少本事、多少氣力，你又不是不知，別生氣了，小丑太爺，趕快上妝吧！觀眾看我，我還得看你，沒你帶場，我這細漢的有誰看？」

「對了。這位高先生想見見我們田都元帥老祖宗，你帶他去，我一會兒就來。」

小矮人也不多問。順風耳讓小矮人帶往裡處走，經過一堆木箱，穿過二十幾張活動床架，在侷促的一角，看見了田都元帥的神位。順風耳看了大失所望，這神位的格局比起夜市那算命師的攤子還小一號，一個茶碗大的香爐擺在老舊木箱上，一小把燒盡的香炷零落的插著。田都元帥承受這樣的香火，不愈看愈傷心嗎？

順風耳找個木箱子坐下來，長嘆一口氣。

小矮人說：「別在我們田都元帥面前嘆氣，這會讓我們倒楣、沾晦氣的！」

順風耳還是忍不住，又嘆了一口氣，問道：「這香爐，平常有多少香火呢？」

小矮人很當一回事的默數了一下：「總有三、五十個人上香。」

「都是哪些人？」

「你是稅捐處派來的人，上香還要點名抽稅嗎？」小矮人嘻嘻哈哈說：「不怕你知道，都是我們團裡的人，等一會兒，你看看就知道。」

這時，一羣肌肉發達，打赤膊的猛男，邁大步走來，他們在香爐前站定，只有一人點燃兩炷香，其他人只雙手合什拜一拜就算了。

小矮人像個報幕的，說：「這些都是空中飛人，在半空中甩單槓的，危險得不得了，拜一拜求個心安。」

長腿姑娘們也來了，這羣姑娘比較大方，一人一炷香，一連插了六炷。

「白馬女郎，魔術師助手，」小丑壓低了嗓音說，「注意看！後面來的這位是我們『東方』的團主兼馴獸師，別看他年輕，本事大得很，團裡上上下下的高手，受他安排，連獅子、老虎、黑熊都聽他的。」

順風耳乖乖立在一旁，打量這位團主馴獸師，他想到哪吒的老爸托塔天王李靖和八仙之一的呂洞賓，他們也都是身懷絕技的斯文仙，長相和自己與千里眼這款「粗獷草率勇猛型」大大不同，但斯文仙的功夫，誰敢看輕？

順風耳親眼見這位白面書生型的年輕人，對付山大王和獅子們的能耐。現在，他面帶微笑，一副天塌下有我扛著的氣派，更和別人不同。他不多看旁人一眼，高舉三炷香，對著田都元帥一拜，跨著從容的腳步，轉身離去。

「就這些，還有人沒？」順風耳問道

「差不多了，今天該來的都來了，只剩我和小丑太爺。」

小丑鼻頭繫著一粒紅球，身上套一件寬大的睡衣褲，挺了大肚子，叭噠叭噠趿著一雙大皮鞋走來。他臉上塗得紅一塊白一塊，上翹的嘴角畫到耳根，彷彿咧嘴大笑，他向順風耳擺了個紳

士禮，說道：

「拜見過我們田都元帥了？我和小矮人要上節目了，你是在後台看，還是到前台欣賞？」

順風耳盯著那小得不能再小的香爐，還問說：

「這裡眞叫『東方』嗎？」

前台傳來一陣不比尋常的腔調，司儀隆重地介紹著：

「各位父老兄弟姊妹、各位貴賓，第一個節目是，由本團兩位最受歡迎的台柱擔任的『歡笑九九九』……」不等司儀介紹完畢，觀眾席的掌聲嘩嘩地就把它截斷了。

「你先走，」小丑推了小矮人一把，說：「記得要笑，笑，開心地笑！」

小矮人跑小碎步，他口含奶嘴，往表演場中央滑過去。小丑緊迫在後，他的大皮鞋像兩塊橡皮糖，黏著地板，他每一抬腿都得雙手幫抬，步步困難，逗得觀眾們嗤嗤笑。

順風耳撥開帳篷朝裡望，滿座的看台上，一張張歡笑的面孔。這麼熱鬧的場面不是沒見過，只是這氣氛，和那些來媽祖廟舉香膜拜的人，那種一臉肅穆或哀傷的神情大不相同。一種陌生的、孤單的感覺洶湧過來，順風耳在沾滿灰塵的帳篷邊，知道自己不屬於歡笑的人羣。但他一時想不清，究竟是被人們遺棄，還是自己隔絕了人們，只好這樣沉默的望著。

小丑追到小矮人五步遠，眼看就要摔跤，順勢來個空中滾翻，又半分不差地降落在小矮人身邊。全場觀眾「呀」一聲險叫，一陣哄堂大笑，鼓掌的鼓掌，吹口哨的吹口哨。小丑撫住胸口，小矮人像個沒事人，一臉迷糊，跟著觀眾大力鼓掌，又拍拍

小丑的肚皮，打鼓似的表示喝采。

順風耳看著，這種向人取樂，討人歡笑，又和獅子、老虎四處飄泊的生活，自己能適應嗎？今天在南方澳，明天到花蓮，卡車來、船隻去的流浪，雖也可能自由自在，卻不免疲憊。當然了，這樣的日子，和千里眼也經歷過，但在媽祖廟這麼多年，等人來朝拜、受人供奉的生活過慣了，再從頭，行嗎？

這「東方」的香火，不過幾十人，而且不是天天有，不是每個人上香，這種香火，恐怕連半身都薰不滿，比起媽祖廟眞差遠了。還有，那個白面書生的團主，連山大王、雄獅，世間最凶猛的四腳獸都乖乖聽他的，我這兩腿的，他肯敬我？這「東方」怎會是合適的久居之地？別傻！

順風耳低頭又一想：不待在這裡，要往哪裡去呢？

回媽祖廟？

不！我順風耳沒骨氣、再落魄，也還不到這地步。要回去，不說衣錦榮歸、隨從成羣，至少也得一身齊整，神色光彩，創一片和媽祖廟相當的基業才行。我這張老臉，還禁不起媽祖婆婆和千里眼訕笑兩句，就要臉紅耳熱，手腳沒處放。

前台觀眾笑成一團，音浪四散，把大帳篷都掀動了。順風耳再抬頭，看小丑捧著肚皮被矮人追得滿場跑，小矮人身上纏一條碗口大的蟒蛇，蛇頭握在手上，嘶嘶吐蛇信，又張口要吞人，這蟒蛇開得了玩笑？

觀眾求情叫道：「不要嚇他了，嚇死人啦——」

小丑給追得喘吁吁，追得捧肚皮、脱皮鞋，他跑到那兩輪車後，一頭鑽進大煙囪不見了。

小矮人在車前車後繞了幾圈，搔頭摸耳地找車下，全場的觀眾靜悄悄，都在爲小丑捏一把冷汗，生怕他被可惡的小矮人發現了。

忽然有個小朋友大叫一聲：

「小丑躲在大炮裡，我看到了！」

他母親掐他大腿，哎喲、哎喲叫說：「多嘴，愛講話。」

小矮人往炮管瞄了瞄，聳肩，對觀眾偷笑，還咚咚跑來向那小朋友道謝，拉他的手，請他一起來抓小丑。小朋友死命不肯，直笑。小矮人跑回炮管邊，一轉身，將炮管「砰」的關起來，再拉出一條長長的引爆線，一直拉，拉到剛才「密告」的那個小朋友面前。

小矮人拿出一包火柴，劃燃一根。他叫小朋友把引信點燃，小朋友不肯，往後閃躲，小朋友的媽媽拿著扇子拚命打小矮人，引信竟在慌亂中點燃了，亮著閃跳的火花，冒出白煙，像水蛇一樣地往炮管游去。小朋友的母親驚嚇得又笑又叫，觀眾被她感染，雙手遮臉，從指縫間看著那引信的火花嘶嘶燒去。

順風耳大吃一驚，他看見引信，終於明白：這大煙囪原來是炮管，炮火的威力，他和千里眼見識過一回的，這一開火，小丑在裡頭不就粉身碎骨了嗎？

順風耳一跨步，要去解救小丑，已來不及。

引信燃到炮管後座，「轟」一聲巨響，所有觀眾齊聲驚叫，只見小丑直挺身子像一顆飛彈，從炮管射出來！順風耳仰頭一看，看小丑像一道弧線，和帳篷頂的水銀燈擦身而過，又快速墜落。

一張彈性極佳的圓布，早被幾個大漢拉撐開來，在帳篷下等著。小丑飛得準，他們接得更準，咚一聲，小丑落個正著。他在圓布上一彈身，打個前滾翻，又後空翻，又直立彈跳，一跳，跳到表演場中央，和小矮人並肩站在一起，拉住小矮人身上的蟒蛇頭，向觀眾一鞠躬。

全場觀眾瘋也似的大笑，把雙掌都拍紅了。

順風耳看了也搖頭，他想起哪吒和孫悟空，眞該請他們來見識見識，少讓他們自以爲了不起。說眞的，憑哪吒和孫悟空那兩下子，要向小丑學習的還多得很。

在不歇的掌聲中，小丑牽著小矮人再次向左、向右、向後深深一鞠躬，向著全場揮手答謝，蹦蹦跳跳跑回後台。

「你們眞厲害，世間沒幾人有你們的本領，不害怕嗎？還能笑得出來？」順風耳眞是看傻眼，他對小丑和小矮人說。

小矮人將纏在身上的錦蟒解下，放回籠裡，默不作聲的剝去身上的娃娃裝。小丑找來一只木箱坐下，把藏在肚皮的大氣球泄了氣，對著鏡子開始卸妝，他遞給小矮人一團沾水棉花球，一上一下的抹去臉上的油彩。

小丑和小矮人在前台那種逗趣的笑容，忽然不見，換來的是一臉倦容。順風耳看得直納悶，卻也不敢開口。

小丑抹去半臉的油彩後，點起一根菸，吸上一口，交給小矮人，兩人將煙霧一齊噴向鏡子，一片迷濛。

小丑苦笑的看著那鏡中的面孔，問道：「那個在表演逗觀眾歡笑的小丑是我，還是現在這人才是眞正的我？你說呢？你說呀！」他認眞尋問鏡中的自己。

小矮人丟下菸頭，摘下帽子，也對著鏡子苦笑：

「你說我是小矮人，還是大巨人？你告訴我？嗯，誰教你問這個無聊的問題？樂在工作，工作是生活；生活是表演，表演最快樂。」

他凝視鏡子，一逕淺淺的苦笑。

小丑不搭理，他拾起棉花球，自顧一上一下的抹去臉上的油彩，把那油彩畫出來的笑意重重抹去，抹出一張平靜的臉，無愁也無樂，一張有著堅定眼神的凡常的臉。

順風耳輕輕挪動腳步，默默退出帳篷。雖然這裡叫做「東方」，也有個香爐，但是這樣悲喜交加的人們，他一點也不明白，以自己的本事，能為這些技能高超的人排解什麼？能為那

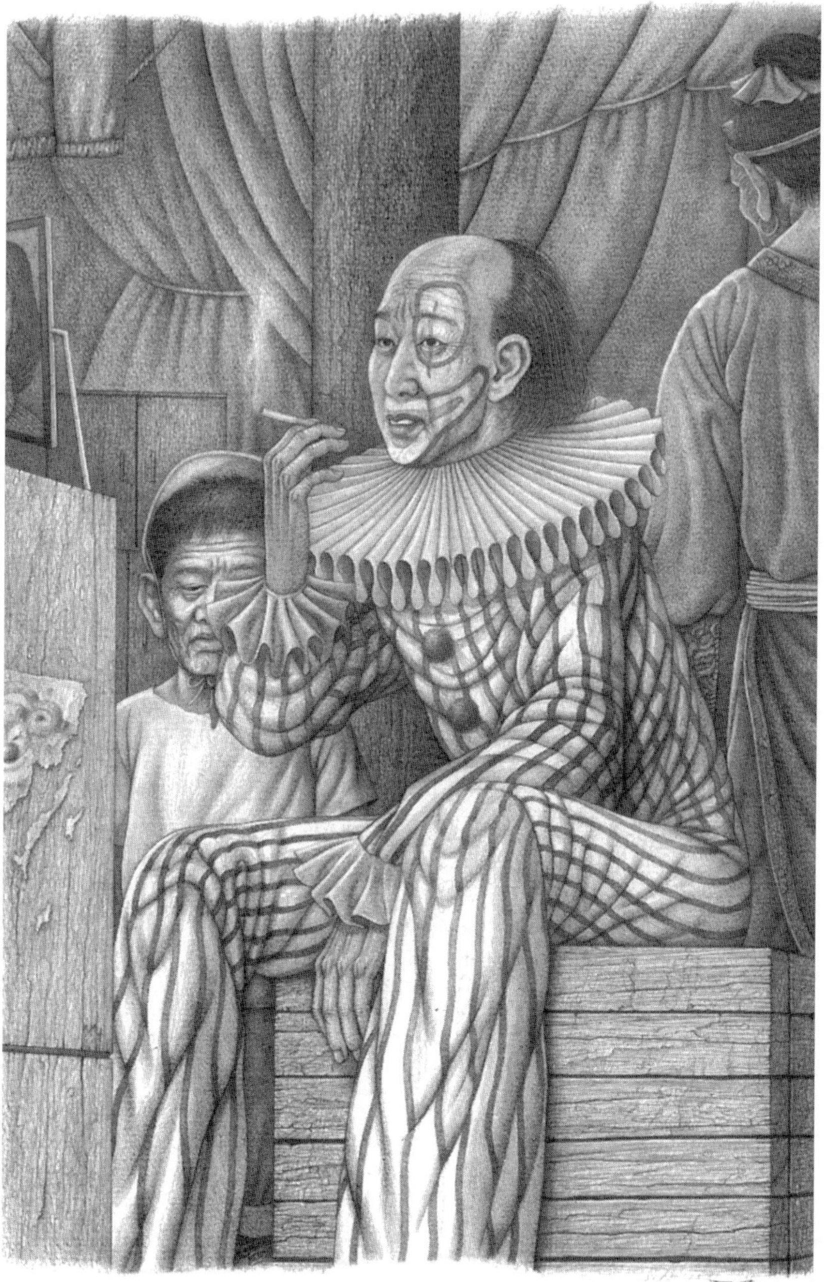

些以假當眞、以眞當假的人們指點什麼？

帳篷外，是一個涼爽的靜夜。順風耳仰看滿天星斗，冷熱靜鬧不定的心也跟著一閃一爍。那隻被碎玻璃刺傷的左腳，陣陣刺痛又回來了，他走了兩步，再仰望天際，自己也說不上，此刻的心情，究竟是徬徨失意，還是仍存藏著勃勃跳動的期待。

# 在魔界和天庭的輝煌往事

漁港小鎮的夜景，沒有霓虹燈和車燈接成的燈河，但家家戶戶的燈火，也足夠組成一片炫目的美景。在這處處有人落腳的地方，有哪個角落能讓我容身呢？順風耳這樣想著。沒有，想的到的所在都找過了，沒有，沒一處合適的。

下山又何用呢？

他面向暗夜的大海，遙望海上稀疏的漁火，涼涼海風拂動衣襟，燠熱早已消散，甚至還有夜露帶來的寒意。

碼頭極遠處，一盞旋轉的燈光，忽明忽滅的射向大海。順風耳入神望著。在無邊的黑暗中，能看見這麼明亮的燈光，心裡竟然生起安慰。

順風耳猛一想起，這不就是漁民常提起的燈塔嗎？

他和千里眼向來最瞧不起的事物裡，這座燈塔是名列排行榜前頭，他不只一次對千里眼說過：

「再加十座什麼燈塔、什麼氣象台，也抵不過你的一雙眼睛、我的一對耳朵，對不對？」

今晚怎麼了？再一次看見燈塔，竟被它的光芒吸引，凝定間，看得煩躁消除，有一種安定的力量緩緩升起。

山頭平台，環立著鐵欄杆，順風耳沿著欄杆漫無目的向前走去。許多頑固的念頭，好像在看見燈塔的一剎那被動搖，教人驚慌而且暈眩，腦子裡亂烘烘。手腳卻又軟弱，只想找個地方坐下，把事情好好從頭想一想。

小路盡頭有個斜坡地，平鋪了齊短的鐵釘草，夜露無聲無息的降落，把草地全沾溼，順風耳剛踩上去，身子一傾斜，像坐上滑梯，一路往下溜！他「哎哎哎」直滑到一棵大樹頭才停住。

山窪的這棵茄冬樹，被順風耳猛一撞，竟動也不動。老茄冬的身軀太壯大，腰身給三人抱不住，它八爪章魚似的樹根，緊抓泥土，這點撞擊，好比拍肩罷了。

順風耳一個翻身坐起，骨頭鬆散了一般，他唧唧哼哼地靠往樹幹，挺起脊梁按摩，忍不住呻吟。

四處張望，什麼也看不清楚。只聽見不知躲在何處的蟋蟀

「纖纖」叫著，再有人聲，便是山頭平台那個大帳篷裡的喧譁了。

奔走了一整天，身體像飽吸醋酸的海綿，膨脹而沉重，這時，另一種無依無靠的心情，卻煙霧般的緩緩湧過來。海風拂面吹，隱隱聽見海浪拍岸的沙沙聲，諦聽這麼規律的聲響，呼吸在不覺中也跟隨這節奏，腦波也如此起伏，往事，就這樣一件件的浮現了。

順風耳想起在棋盤山驚心動魄又精采無比的偉大事蹟。

那時，自己和千里眼，一個是柳鬼，一個是桃精，兩棵老精樹的根鬚，竄到泥裡長達三十里，每天吸收天地靈氣，享受著日月精華，練得一身好功夫，天皇老子也不怕！

一天早上，太陽剛升起，千里眼提議說：

「一年到頭窩在這棋盤山，什麼出息？實在太無聊，我說，好功夫，也得有表現的機會，才施展得出來。」

想到這，順風耳不禁搖頭暗笑，這種有志氣有抱負的話，哪會是千里眼說得出來？這大眼睛的脾氣，別人不知，我還會不了解嗎？這提議是我自己說的！

千里眼被說動了心，糊裡糊塗跟著下山找紂王，自我推薦，要紂王聘爲座前兩名特別保鑣、兩位超級打手。紂王第一眼看見自己和千里眼的表情，實在笑壞人。臉皮像粗布又怎樣？大耳朵、大眼睛、大嘴巴加一對獠牙又怎樣？有人一見就討人喜歡？別忘還有耐看的，何況，用人也不能光是以貌取人，對不對？

不管紂王是取我們長相來嚇他對手，還是他眼光不錯，知道我們是好材料，反正，他當場就聘請啦。

紂王的死對頭，不是別人，正是鼎鼎有名的姜子牙先生。

姜子牙實在有眼無珠，太小看了我們兩個，隨隨便便派了那個哪吒，帶他的一些玩具火尖槍、玩具乾坤圈和玩具九龍神火罩，跑來城門下舞弄了一陣。

不管什麼擂台賽或生死戰，雙方實力也得相當，才是基本規矩，才是起碼禮貌，這種眞刀眞槍的事，怎可以派個七八歲的小朋友？

自己和千里眼逗弄了哪吒一陣，根本懶得和他交手，使了個隱身術，化做輕煙回城裡喝茶。

姜子牙總算還是個江湖人，一見情勢便明白，騎著那頭「四不像」，還指派楊任和李靖兩個愛將，隨身保護，親自出馬來應戰。老實說，那李靖的功夫是不錯的，原來他還是哪吒叫一聲的父親哩！楊任能讓哪吒喊叔叔，身手也還可以。

想起那一連串大戰，事隔千年，順風耳仍覺得十分過癮。楊任拿著五火扇子，李靖端寶塔，忙亂了半天，對我們兩弟兄都不管用。姜子牙頭皮發癢，氣得拚命磨牙，他收兵回營後，想了半天，居然想出個髒點子：他帶頭做一場桃木樁的八卦陣，外加一盆烏雞和黑狗血摻了人糞尿的大法，幹麼？想要一舉破掉我們的千年神功！

人或神都怕犯高估自己、小看別人的毛病，姜子牙他也不想想，千里眼的眼睛是幹什麼的？我的耳朵是白掛好看的嗎？哼！

順風耳靠在茄冬樹，想當年眾大將拿他和千里眼沒辦法的往事，海風涼爽地吹來，啊！往事多美好，多慘烈！

紂王設的慶功宴上，大魚、大肉、大罎的酒，他和千里眼開

懷痛飲，從黃昏一直吃喝到深夜，以爲姜子牙一夥，傷心地躲在營帳裡，再也想不出辦法了。

哪知姜子牙還有一名大將，就是眉心多長了一隻眼的智多星——楊戩。

他連夜趕回玉泉山金霞洞，請教他的師父玉鼎眞人。玉鼎眞人多年不在江湖走動，可對每個大小角色的生平底細、功夫底子都清楚，把他和千里眼在棋盤山大本營的往往來來，一一告訴徒兒，還將整治的毒法，對楊戩說了個仔細。

順風耳想，那晚也太大意了，自己何嘗不也是犯了高估自己、看輕別人的毛病呢？

那晚三更半夜的鑼鼓聲和在月光下揮舞的紅旗，原來是楊戩正向姜子牙一夥不上道的大神小仙報告玉鼎眞人的指示，怕他和千里眼聽見、看見的掩蔽花招。

第二天一早，他和千里眼突然覺得頭暈眼花、四肢無力，眼前一片烏黑，原來，在同時，棋盤山上的那棵千年桃樹和柳樹已被連根挖起，放一把火，燒得半天紅了。

姜子牙的那記神鞭，眞是讓老弟兄倆永生難忘、痛徹心肺的一鞭，只這一鞭，就把三魂七魄全打散，幽幽渺渺飛上九重天，乖乖向玉皇大帝報到。

順風耳調整一下身子，輕咳一聲，將漸漸滑下的身體挺起來，索性，把鞋子也脫下，揉揉刺痛的左腳。輝煌的日子，回想起來，眞如過眼雲煙，一晃眼便過去了。

玉皇大帝是個什麼樣的神？

順風耳想來，他應該是個「洗腦專家」，他就是有這個本

事，將超級叛逆小子滿腦子壞念頭徹底洗去，將約束自己、幫助別人和善盡本分的想法換裝上去的「專業心理輔導員」。

玉皇大帝的「職前訓練班」，也是一等一的教人豎拇指，他不只能幫你發掘自己的才能，還設計了一套實用的職前訓練，讓你發揮所長。

在玉皇大帝的「職前訓練班」受訓三年的立夏那天，他和千里眼坐在教室外休息，正在聊天：

「我們現在的生活，平靜舒適，過得滿充實，但，總不比人間的生活來得多彩多姿。」順風耳說道。

千里眼看了看左右，輕聲說：

「我也是這麼想，這種生活過一年半載還勉強可以，兩年，便枯燥無味，我們一過三年，以後的日子實在不敢想下去，難道，就一直這麼過日子嗎？」

「我們的同學一個個被分派走，他們的成績和本事，哪見得比我們好，爲什麼輪不到我們？」順風耳問道，「玉皇大帝偏心，他對我們有成見吧？」

「會不會是我們兩弟兄太會發牢騷，他不耐煩？」千里眼睜著大眼悄悄的問，「還是我們老湊在一起，他要找兩個同時分發的工作不容易？」

「我們哥兒倆有福同享、有難同當，相處這麼多年，感情是一回事，要是你的眼睛少了我的耳朵，恐怕也發揮不了大作用。」順風耳正經的說，「我們兩個的性情只是普通好，脾氣有一點大，功夫又太強，在一起可以相互勸勸，分開來恐怕就不行了。」

「我們的性情不好？你說『我們』？」千里眼說，「大耳朵，就算我的脾氣火爆，比起你來，那就太溫馴了。」

就在這時，玉皇大帝派來的信差，晃著大步，到順風耳和千里眼面前，一拱手，宣布道：「玉皇大帝有請！」又說：「好事呵！」

兩個人拔腿就跑，一直衝到玉皇大帝的辦公室。玉皇大帝果然一臉笑，坐在他的金鈎椅。

「你們來得眞快！聽好，」他說話實在慢得教人心急，他說：「兩位同學的表現非常傑出，各任課老師給的評語都很好，說你們學習認眞、品德良好，最可貴的是急公好義、見義勇爲的精神，現在有兩個工作適合你們，不過，只能當隨從，你們願意嗎？」

隨從不就是保鑣、跟班兼打雜嗎？這角色到底重不重要、稱不稱頭、合不合我們的性向和能力？等了這麼多年，玉皇大帝居然派這種工作，他到底有沒徹底了解我們的身手，明白我們遠大的志向？千里眼睜大眼睛看著，順風耳只好也側耳傾聽。

「湄洲島有個孝女叫林默娘，很受漁民敬愛，都尊稱她『媽祖』，她是賢慧、有愛心的人，但海上苦難太多，她忙不過來，不知二位願不願去幫忙？」

啊！還是做女人的幫手！順風耳和千里眼的眉頭、眼睛和鼻子皺成一坨了。

「這麼好的差事，怎麼會輪到我們兩個堂堂大漢？找何仙姑、陳靖姑她們去，不更合適？」順風耳問道。

「每個人各有所長，工作不分男女和高下，要看能力去分配

的。你的耳朵靈光，聽聽風聲，便知海上狀況，你的老朋友千里眼，超級遠視眼，看一看波浪更明白。」玉皇大帝說，「二位千萬不要嫌這工作的職位小，不起眼；只要能讓自己的能力發揮出來，就是好工作。你們要是不願去，我也不勉強，但下一次輪到什麼工作、到什麼地頭跟誰、還要等多久，我就沒把握了。」

哥兒倆左想右想、前想後想，玉皇大帝說得有幾分道理，雖派去當那個嬌滴滴女流的隨從，但聽來她的人品不錯，和那紂王大不相同。從不曾和女流共事過，也許是個新鮮又有趣的經驗吧？玉皇大帝說工作的好壞，要看自己的能力是否能發揮，這話也不是全沒道理，要是另外找個閒差事，以我們倆閒不住的個性，不知道要痛苦成什麼樣子。

「我和千里眼可以考慮半分鐘嗎？」

「仔細想想，給你們一分鐘，我等一等，省得你們勉強答應，將來後悔，暗裡說我不是，麻煩。」

順風耳和千里眼躲到雲柱後，把整個狀況攤開來，詳詳細細地分析討論了一分鐘——決定接受這差事。

順風耳揉著痠楚的雙腿，望著海上的點點漁火，這麼想著，那一刻的決定，就這麼決定了哥兒倆大半生的命運，這好比什麼？一個圓球從山頂滾下，每一次停頓、每一次碰擊、每一個轉折，都會走向難以預測的天地。命運，眞是一趟奇妙的旅行。

媽祖婆婆的溫柔善良，和她「吃苦當作吃補」的耐性，與她相處一年半載後，脾氣再大、個性再臭的角頭，也會感動。她爲善男信女提出來的各類疑難雜症，勞心又勞力，因此患了慢性偏頭痛的事，以及她對屬下再三再四勸告，因此罹患長期喉嚨痛的

事，恐怕不是一般人想得到的。

媽祖廟的大小業務，煩歸煩、忙歸忙、累歸累，卻也讓哥兒倆很能發揮所長和受人敬重，這不正是夢寐以求的工作嗎？

既這樣，幹麼還氣沖沖離開？

沒錯，這是爲了自己的前途，不願白耗著、不願能力沒成長、不願應得福利被剝削呵！

自求發展，獨立門戶去奮鬥，難道也錯了嗎？

要像千里眼一樣，練成一副逆來順受的「忍功」，受了委屈，連大氣也不敢哼一下，這才正確嗎？

臨別時，千里眼説過「出外事事難，沒當家不知當家的苦」，現在的情況，果然被他説中了。説中又怎麼樣？爲前途奮鬥，當然會遇挫折，遇上不如意的關頭，要不是這樣，何必説奮鬥呢！

可是，只是，但是目標雖在，前程卻茫茫，一如此刻的暗夜，身在何處都不確知，下一步該怎麼辦？這其中有什麼自己不知的問題梗阻著？

悄悄轉回媽祖廟去吧？

不甘心！

走一步，算一步，繼續尋找自己的香爐吧？

疑問，像牽扯不清的九連環，一個扣著一個，急著解開它，卻一點辦法也沒有，順風耳只有頹然放下，斜躺著，讓困惑緊緊地纏住了。

人聲在遠方，蟋蟀在近處的草地裡「織織」叫，換在平時，對這些奇奇怪怪的聲響，順風耳的耳朵是閒不住的，這時，所有

的聲響似乎都化做催人睏倦的酸氣，從毛細孔鑽進鑽出，鑽得四肢痠痛，把他往下拉，拉他到深不見底的黑暗地洞，拉進了無邊無際的渾沌世界。

# 難為了敬愛的土地公老師

茄冬樹下立著一座土地公廟，廟身比一般小廟還低矮半個頭，水泥粉刷的廟頂，不常照晒陽光，長滿了青苔，再疊上凋落的茄冬葉，乍看，還像搭了茅草屋頂哩。

昨晚夜黑，順風耳從草坡滑下，吃驚都來不及了，沒發現降落地點正好就在土地公廟旁。

這時，順風耳揉一揉眼睛，掀開眼皮。九點鐘位置的太陽，穿透茄冬樹的枝葉，點點金光灑下來，落在他的睡眼，白花花一

片。順風耳閉上雙眼，往左一偏頭，翻身坐正，再往右一閃，躲進了樹蔭下。

山窪正對面，一塊倒三角形的海洋，像寶藍色的三角頭巾，迎風招展，恍如一伸手，就能撕下來。

順風耳沒見過這種如眞似假的景象，看得出神，似乎看出了興味，他的腦子還沒完全清醒，就這樣凝視，什麼都沒想，足足一刻鐘，他才動了動他雕像似的姿態，吸氣、打哈欠、伸展兩臂，活動筋骨。

這一伸手，右拳打著土地公廟的廟身，手臂的刺痛像觸電，把他還半睡半醒的腦子電醒了。他亮眼一看，怪怪！什麼時候搬來一間小房子？昨晚靜悄悄，沒一絲聲響啊！

順風耳跳起，拎起鞋子，赤腳在土地公廟前後繞了一圈。看這幢矮房子自牆腳而上，每一吋都斑駁古舊，少說也有三、五十年，昨晚竟然沒覺察，還在它身邊呼呼大睡。

順風耳站在土地公廟正前，離廟門十步遠，再看仔細，不得了，門前赫然擺著一座小香爐。

他不敢相信，世間竟有這麼奇妙的事。好好一座香爐，一間不堂皇但看來仍牢固的房子，就在他昨晚陷入谷底的徬徨無依當頭，已經等著了，而自己卻迷糊到極點，不知道！這是眞的嗎？

順風耳來不及將腳跟套進布鞋，趿著鞋，趕緊又向前走了兩步，再看仔細，不錯，如假包換的一座香爐，比起昨晚那個「東方」的香爐，足足大了一倍，又多一點。

他正對小房子的小門，向後轉，抬頭，太陽就在頂上前方。

他想這不就對了嗎？正東方！原來算命師說的「東方」，不是昨

晚的那個「東方」，現在這個才是。昨晚白忙一場，差一點被擠出油來了，活該，順風耳敲自己一記頭殼，忍不住又大笑。他這種笑聲，只有在黑森林裡迷路的人，終於走出樹椿和落葉的迷魂陣，見到田園農舍，見到炊煙裊裊的那種興奮，才可相比。

一夜酣睡，精神和體力都已恢復，再見到這座香爐，回想在山坡上美妙的一失腳，順草坡小路滑下來，「天無絕人之路」，說得半點都不錯，這時，不開懷大笑，怎對得起自己？

坐在廟裡的土地公，向來早睡。

昨晚，他睡了一覺，起來尿尿，才回廟不久，忽然聽見一塊大石頭似的東西，從草坡滾下，咚地一聲撞在樹頭上。

他就著星光，起身，探頭一看，雖然光線幽暗，但他一眼就認出來了：「大石頭」不是別人，就是順風耳！是他在玉皇大帝所開的「職前訓練班」當導師時，分在他那一組的順風耳。

土地公心頭一愣，這個性情可比牛魔王、身材可比夸父的學生，半夜三更來找老師，怎就莽莽撞撞從草坡滾下來。他那個難兄難弟的千里眼，會不會緊接著也來這麼一下？土地公聽著、看著，等了片刻，沒動靜。

這寶貝學生到底出了什麼事？特地來拜訪，也不應該挑這時辰哪！自從他們難兄難弟分發到媽祖廟以後，平日閒暇從不曾來探望，更別說逢年過節忙碌時，抽空來請安，選在這夜深人靜的子時，莫非有什麼重大的事情發生？

學生不懂禮貌、不念師生舊情，畢竟還是自己一手帶出來的

學生；他這一摔，山搖地動，恐怕摔得不輕吧！土地公連忙起身，走出廟門，卻看見順風耳正脫下鞋子，於是，他停下。這大塊頭還不是白長著好看的，方才的一滾一撞，似乎沒什麼嚴重，還能輕鬆地揉趾頭，看樣子是無傷無痛。他又觀察了一陣，只見順風耳換了姿勢，舒舒服服斜躺下來，根本看不出有拜訪的意思。

這寶貝學生既不是專程來拜訪，究竟是爲哪一樁？是他又使性子，被媽祖婆婆趕出廟門？難道又和千里眼吵架或不好好做事，被善男信女給轟出來了嗎？……不管什麼原因，只要他犯了其中一條，都是順風耳自己的錯，自己找罪受的。

土地公想起在「職前訓練班」對他花了比其他學員多三倍的個別輔導，眞都沒效用嗎？這種學生，不只教同學傷心，更教爲師的生氣！

算了吧！既然沒受傷，暫時也不必多問，先好好睡一覺，明天早上再盤問也不急，免得一經提起來，整夜不休息，勞心又傷神，不值得。

土地公款款回座，又睡覺去了。

土地公早早起身，等著，直等太陽升到茄冬樹梢，終於發現順風耳擺出各種古怪的動作醒來。土地公是故意不喚醒他，他想，看你睡到什麼時候！沒想到這學生眞就睡到日上三竿。唉！怪不得，這種睡懶覺的德行，幫媽祖婆婆做事，怎會讓她中意？

土地公就這樣不動聲色地坐在廟裡，看順風耳像個大玩偶在

正門前表演。門內陰暗，門外光亮，土地公往外看得清楚，順風耳看不見門內的動靜。土地公等順風耳把恐懼、疑惑、驚訝和歡喜若狂的全套表情一一耍過了，這時才輕咳一聲，跨出廟門來！

只見順風耳的脖子一縮，歪斜肩膀，側著半邊身，兩眼睜大，半晌才叫出聲來：

「老——師——」

「嗯。」土地公一手拄枴杖，一手拈白鬚，慢條斯理應道。

「老師，是您嗎？」順風耳往前跳兩步，停住。

「不是我，還是誰呀？」

「老師，眞的是您嗎？」

土地公的下巴翹得半天高，兩眼直望茄冬樹梢，特意擺姿勢要讓他瞧個仔細。

「老師！我實在太高興了。」

順風耳伸展雙臂，像一隻大猩猩，又像紅螃蟹，奔過去要擁抱他久別重逢的恩師，這位讓他思念多年，曾對他一遍又一遍開導，讓他一小步一小步走向正途的老師。敬愛的土地公老師，竟在眼前，這是誰的安排？乍悲還喜一連串，折磨得人心痛啊！

土地公一閃身，順風耳抱個空，一頭撞在廟頂。土地公說道：「我這把老骨頭，沒福氣經你一抱，會碎的。」

「老師，您怎知我會來，在這裡等我呢？我，我實在太高興了。」順風耳按揉額頭，叫著。

土地公聽得好笑，這寶貝學生還是那種直率的性子，一根腸子通到底的天眞，沒變，「我等你？是啊！我等你千百年了，等你來看我。」

「眞的，您來這麼久了，我怎麼不知？老師，我不知您也下凡，一百年？都在這裡嗎？我以爲您還在『職前訓練班』當導師。」

「別人不知，我還有半分信。你的耳朵、千里眼的眼睛是幹什麼用的，不知？」

「我眞沒聽到您的百日咳，眞的，」順風耳囁嚅說，「都要怪千里眼，他應該看見才對。」

「怪千里眼作啥？推卸責任，我一再警告你們的毛病，忘了嗎？」土地公扳起臉孔，枴杖指著粗大的茄冬樹根說：「這裡坐，我有話要問你。」

順風耳乖乖坐下，雙腳併攏，兩手掌規規矩矩放在膝蓋上。

「出什麼事，怎麼跑出來？一副落魄相，你身上的戰袍呢？」

順風耳低下頭，摳著指縫裡的土垢，說道：「老師，說來話長。」

「流浪多久了？」

順風耳想了想，連自己都不相信：「還不到一天。」

「那還不好說？八成是被媽祖婆婆趕出門的。」

「不，我自己出來的，她還不知。」

「開溜？」土地公的枴杖朝地一震，說：「這還得了，讓媽祖婆婆一狀告到天庭，玉皇大帝派天兵天將捉你回去，你別想再下凡塵了；我是你的擔保人，也要受牽連的呀！」

「眞的？我沒想到這一點。」

「你這麼率性開溜，又爲什麼呢？順風耳。」

「我要找一個完全屬於自己的香爐，」順風耳仰著臉，說道：「就像，老師您的香爐一樣。」

土地公聽了一愣，張口，拈鬚。他回想起當順風耳的導師時，有一次作文課，寫「我的志願」，別的學員愁眉苦臉咬筆桿，遲遲不知如何下筆，只有順風耳「沙沙沙」運筆如飛。他曾經這樣寫著：

「人間有老闆有掌櫃，有這個長那個官，我順風耳希望將來有一座廟，一切由自己做主，那是多麼快樂的事。」

多少學員立下志願，只是一時念頭，寫過、說過就算了，沒想到順風耳卻當真，過了這麼多年，還念念不忘這「當家做主的快樂」。

土地公說：「我這小廟小香爐，不完全屬於我，還有你師母土地婆，也算一分。」

順風耳吃驚，回看廟裡，空蕩蕩，他低聲問道：

「師母也跟您一起來啦，師母呢？」

「回娘家去了。幸好她不在，要是讓她知道，你會被她罵得很慘。她和媽祖婆婆是結拜姊妹，這些年走動不多，但知道你跑出來，一句話也沒說，會拎著你的耳朵回去見她。」

「老師，」順風耳緩緩站起來，「我出來找自己的香爐，也錯了嗎？」

「你爲什麼選在昨天出門？因爲黃道吉日？」土地公愣了一下才問。

「昨天中午，有三個來廟裡照相的小伙子，提醒了我。」順風耳把那一幕對話告訴老師。

「你覺得他們說的有道理，因爲你和千里眼很重要、很出鋒頭？」

「不敢比媽祖婆婆，至少比其他大神小仙也不差，這是老師教得好。那個哪吒，是我們手下敗將，都有自己的香爐，大得不得了，而且又換新，我們不夠資格嗎？」

土地公笑了，他說：「你想，依你的能力，可以立廟服務衆生了？」

「老師，您知我的耳朵靈光，再遠、再細聲我都能聽見。」

「光憑耳朵靈光，就行了嗎？」

「老師，您說過術業有專攻，各有專長，而且行行都可以出頭天，撐起半邊天。」

土地公拈鬚說道：「這怪老師當年沒有說清楚，各有專長，但還要相互合作，單憑一項本事，能滿足善男信女千奇百怪的要求？」

順風耳挺胸，說：「每個廟每個神，各有不同專長，善男信女自己要分清楚，不能一頭亂撞亂拜呀！」

「不錯，就拿老師我土地公來說，我保佑農作豐收，我的枴杖可以指點水源，可也有不靈時候，水源乾涸，怎麼辦？我還得請雷公電母降水幫忙，太多時候是我做不了主的，老師我，沒有那麼大的能耐呼風喚雨。」

「……」

「別說老師我，你可以去看看，這方圓百里內的哪座廟，是由一仙一神住持的。誰不分工打拚、聯合作業，少則三兩個幫忙，多則十幾二十個，誰又有一個『完全屬於自己的香爐』，是

不是呢？」

「您不就獨享一個嗎？儘管，儘管基業不大、香爐不大……」

土地公仰天大笑，說道：

「你忘了，還有你師母，她是我的機要祕書兼總務，她提供我意見，幫我管理一切細碎的事啊！」

「老師，您是說，絕對不可能獨有一個香爐嗎？」

「只要你多修練，練成各種本事，能聽又能看、能呼風喚雨、能普降甘霖、能文能武，獨享一座香火鼎盛的香爐，也難說不可能。」

「老師，我很納悶，這廟這麼不大，您是怎麼進出？還擠了師母。您是使了縮身術吧！您心裡甘願？」

土地公大笑：「老師的本事沒你想的大，老師我的專長就是農田水利；農家的財力有限，給我這小廟是一番心意，也夠了。我既有意來守護，就把自己縮小了，身子縮小，也不表示能力相對萎縮，土地公大小都是土地公，廟高、基業大、法身大得再嚇人，神威也不見得放大。我盡本分，沒啥不甘心。」

「老師，我可以學您縮小，縮在小廟裡，可我要一個完全屬於自己的香爐，這念頭有錯嗎？」

「有志氣、有理想，不算錯，可志氣和理想不光憑勇氣、憑一時的行動就可實現，總要和能力配合，不能離自己的本事太遠。立大志不同說大話，不過兩者還挺像的。」

順風耳坐下，閉上眼睛想著，搖頭苦笑。想自己在心中畫下的新廟藍圖：廣場、牌樓、正殿、停車場和涼亭無一不大，那樣

「立大志」，是不是正如老師說的，只是「說大話」罷了？

當年在職前訓練班的前輩和學弟，像城隍爺、王母娘娘、八仙、關老爺和所有指導老師，依他們的本事能力，誰又在自己之下？他們卻像老師說的，也三五個共聚一廟。

我順風耳算得了什麼？

反覆一想，卻又不甘心！

就算不能獨當一面，不能獨立作業，就要永遠當隨從，永遠是個小角色嗎？

半日一夜經歷的重重險阻，卻又都證明自己的本事，實在不怎麼樣；這時瞻望前程，更是一片渺茫。就像一脹一縮、一冷一熱的皮球，折騰了幾回合，也走型跑樣了。順風耳只有重濁地呼吸，不知說什麼才好。

「順風耳，往後，你有什麼打算嗎？」

「老師，」順風耳仰起臉，「您看呢？」

土地公搖頭，依舊微笑著，說道：

「老師能爲你選擇前途嗎？還是要你自己做主，老師只能從旁幫你解一解，幫你更了解自己、看清現況而已，還是要你自己做主的。」

「老師，我可以跟您在一起嗎？」

「依你能力，在我這並不合適。總要適才適用，找一處可以發揮你專長的地方，不然，就算能多分一點香火，日子久了，恐怕更難受。」

「老師……難道我只有再回媽祖廟去？」

「想清楚，自己決定，不要心不平、氣不和的回去，又折騰

自己，也讓媽祖和千里眼不好過。」

順風耳轉身，放眼看向海洋。

三角頭巾似的一面海洋，罩著幾塊烏雲。隨風飄來的雲朵裡，有絲絲水氣，陽光不再明麗，熱力消失了，山窪因此也朦朧。

昨天，氣沖沖邁出廟門，今天就草草收兵回去？

順風耳的鞋尖撥弄草地，回看斑駁古舊的廟身，眼光一陣模糊，廟身石壁忽然化做一面銅鏡，在不甚光滑的鏡面上，浮現出一個身影。這個身影不正是自己嗎？一個脫下「註冊商標」的戰袍，便喪失神力，聽覺不再敏銳，也無人認得的流浪漢。

茄冬樹的枝葉，被風吹得沙沙作響。順風耳黯然離開樹下，往草坡走去，直到聽見土地公的一聲叫喚，才回頭。

「順風耳！背挺直，別垂頭，你還是個有用的神，想有屬於自己的香爐，不是不可能，再修練更多的本領吧！」

土地公的叫聲，在山窪來回撞擊，彷彿是一遍遍的叮嚀。順風耳當然也聽得仔細了，他向老師拱手敬禮，深吸一口氣，果然挺起胸膛，沿著草坡的小徑走回去。

# 夕曝雨掠過的亮麗藍天

撤走了馬戲團大帳篷的山丘平台，顯得十分寬闊，太平洋一無遮攔，眞是山高海闊，山下的漁港小鎮，曲折巷道和交叉的馬路也盡在眼底。

順風耳站在石階頂，雙眼搜尋媽祖廟高翹的瓦簷，雖然烏雲迅速聚集，媽祖廟頂的琉璃瓦，依然閃閃發光。順風耳就這樣走下了石階。

夕曝雨總在炎夏的午後，轟轟烈烈地下一場。

它更喜歡以戲劇化的方式，派旋風當先頭部隊，風沙滾滾地到大街小巷探個虛實，然後，一襲白布似的從海上掃過來。它的行進速度很隨興，要快就快、要慢就慢，有時追得狗兒夾尾奔逃，有時又慢下來，等媽媽們將晒衣架上的大小衣服收妥，才刷一聲掠過去。

順風耳對夕曝雨的習性十分明瞭，他看見旋風夾泥帶沙地在路上滑行，不敢多耽擱，他沿紅磚道小跑步，回到那棵榕樹下，伸手把戰袍取下，就地穿上。

才穿好戰袍，頭頂響起一陣悶雷，再回頭一看，夕曝雨果然奔騰過來，十字路口一片濛濛水氣，紅綠燈也隱沒不見。騎腳踏車的少年像踩風火輪，飛得神快，行人拔腿，往騎樓閃躲。順風耳也百米衝刺地往媽祖廟跑，他左彎右拐，穿過三個街口，才轉

進廟庭廣場，還是被夕曝雨追上，潑了他一頭一臉雨水。

站在正殿大廳裡的千里眼，發現順風耳喘吁吁、溼淋淋跑回來，他兩眼睜得老大，一陣驚喜，險些從台基跳下。

坐在絲幔後的媽祖婆婆，當然也看見了，卻瞇成三分眼，裝作沒事。

順風耳早打定主意，他想：既然決定回廟，與其在廟口扭捏徘徊，不如一鼓作氣，一陣風似的跳回台基，乾脆些，再說，夕曝雨追趕，也由不得誰在廟口進三步退兩步的故作姿態。

於是，他一揚手把擺在台基的替身形體收回袖裡，一抬腿就跨上去了，握住斧頭，站好。

這一連串動作，看得千里眼目瞪口呆，等順風耳站穩了，擺好老姿勢，他才說：「大耳朵，你回來了。」

順風耳睨著一眼，點頭，點下一串雨珠。

夕曝雨撒豆似的打在廟頂的琉璃瓦上，正殿大廳裡吵鬨鬨。千里眼以爲他沒聽見，稍稍提高嗓門，又問道：「大耳朵，你回來啦？我實在很高興。」

看順風耳還是木頭人似的不搭腔，千里眼納悶！怎麼啦，出去一趟，耳朵就變聾了？再一想，又看順風耳一頭一臉雨水、汗水的落寞神態，他明白了：順風耳這趟出門，不幸被自己猜中，他是一無所獲回來的，他是不好意思開口。

「回來就好，」千里眼說道，「你也累了，這趟路，走不少地方，吃了苦頭，我想得到的。」

順風耳回看媽祖婆婆，發覺她老人家又在午睡。他吐出一口氣，才說：「沒你想得那麼多、那麼苦，倒是多想了些，多看了

些，反正三天三夜說不完，改天慢慢告訴你。」

終於聽見老兄弟開口，千里眼放下心：「簡單說一點讓我知道，詳細的部分改天再談。」

「你知不知哪吒扔掉的香爐有多大？比媽祖婆婆這座至少大一倍！」

「眞的？這小子旺發了，他風光了，當年還是我們的手下敗將哩！」

「我去逛夜市，帶了兩件禮物，還算了命，差一點進了馬戲團班子。還有，我遇見了老師土地公。」

「啊？你看到老師，我們最敬愛的老師，老師好嗎？」

「師母也下來了，兩個擠在一座小廟裡，整座廟還沒我們的台基大，進門得委屈縮身，老師還說無所謂。」

「等你休息休息，好好告訴我，不要遺漏。」

「我沒找到香爐，可這趟出門，收穫也不少，我看了很多，也想了很多。」

「是啊！還是在媽祖廟裡好，大事有媽祖發落，瑣事有廟公打理，我們儘管跑腿幫辦，沒風沒雨。我們勸人『知足常樂』，自己不妨也學學。其實，媽祖婆婆也挺關照我們的，有些事一時沒想到，想到了也都會補上的。」

順風耳撇頭看千里眼，看著，又不太順眼起來，他這是什麼志氣？過了半晌，說道：

「臨走的時候，老師告訴我：『想要擁有完全屬於自己的香爐，不是不可能，只要修練更多本事。』有一天，我要是有更多本事，會再出去的。」

千里眼嚇一跳，沒想到順風耳還說這種話，他指著腳尖前，說：「我們都各有一座香爐了呀！」

順風耳低頭一看，更吃驚。剛才匆忙跳上台基，竟沒發現台基前已擺設了一座香爐。

「昨天你走後，媽祖婆婆等廟公回來，便派他去準備了這兩個，大小和我們的台基挺配的，樣式又好，爐底深淺也合適，你看行吧？大耳朵，我們和媽祖一起合作，一起服務，又有什麼不好？」

「她知道我出去了？」

順風耳仔細看腳前的香爐，怯怯回望絲幔後的媽祖婆婆，不敢正眼多瞧一下。他想，這身溼漉漉的戰袍，還得等多久才烘乾？

夕曝雨轟轟烈烈下一場，又草草率率收回了。從正殿朝外看，烏雲已經散去，廟外，一片明麗晴空。前簷垂掛的水珠，透著飽滿的天藍，每一顆都有一個清澈的廟景，屬於廟內，也屬於廟外的景象。

千里眼眼尖，又看見昨日那三個小伙子從路口一轉，走進廟庭來了，天哪！這三個小伙子不知又要說些什麼呀！

反而是順風耳好像什麼也沒看見，一逕望著天藍色的水珠，心神不知飄到哪裡去了。

# 作家與作品

## 作者手蹟

順風耳躺在柔軟的椅墊，正好仰望天窗外的閃爍星光；小小一扇天窗，幾顆星子悄悄移動，而塵囂被隔絕在廟門外，媽祖廟內的安祥氣氛，如同溫暖的輕紗，婀娜飄移，層層地覆蓋在疲倦的身上，啊，闖蕩江湖多年，從來不曾有過這般平靜而滿足的心情呀。

可現在，仰望夜空，一樣的星光閃爍，一樣是高舉右腳，身旁的椰影宛如廟廊的石柱，但心情，有哪一點相同。

孤單的感覺，就像穿過石縫的水氣，若有若無地瀰漫上心頭，冰冰涼涼，教順風耳只想動動麻痺的身子，一口大氣將它吐出來。

順風耳又一想：俗話說得好，天下沒有不散的筵席，沒有永遠團聚的親人，更沒有永遠結伴的朋友。這樣牽牽扯扯掛心頭，不也像無數根繩索，繫綁住前行的腳步？邊走邊回頭，不能勇往邁進，還談什麼自立門戶、闖創大好前程。

李潼 摘自《順風耳的新香爐》

⬇這六個浸泡在水裡的人，合編《文化通訊》周報一整年，停刊前，相約到羅東運動公園拍了這張清涼又漂亮的合影。左起陳柏州、徐惠隆、張德明、李潼、陳建宇和攝影記者楊瀚智。（楊瀚智攝影）

⬇2000年6月的李潼仍以鋼筆和稿紙寫作。有人驚嘆為「今之古人」，有人卻說：「寫你的，做你的家庭手工業，將來送我一份手寫稿。」（祝建太攝影）

⬅鹿港天后宮的順風耳也沒有香爐。2000年5月，李潼專程去探訪，沒再提起這件事；那紅色欄柵低得很，順風耳愛留愛走，犯不著別人提醒。（童慶祥攝影）

生活相本

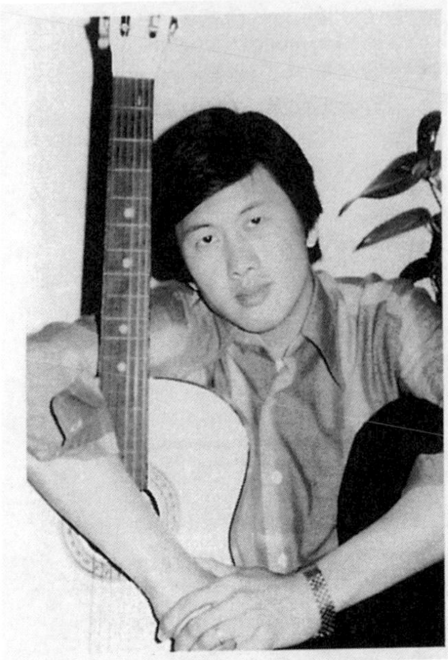

←1970 年代的李潼，和一群以吉他爲主奏樂器的校園民歌手往來密切，成天只想寫一點不同的東西，唱一些不同的旋律。
（祝建太攝影）

↑左起是插畫家閒雲野鶴與作者李潼，右起是〈月琴〉的作曲人蘇來和作詞人賴西安。這樣的合影，難得了。
（祝建太攝影）

# 獨自擁有或合作經營

洪文珍

《順風耳的新香爐》是李潼繼《天鷹翱翔》（民生報出版）之後，再度獲得「洪建全兒童文學創作獎」少年小說第一名的作品。本書於西元一九八六年四月由書評書目出版社出版發行，一九九〇年再由自立晚報文化出版部出版，這一回，修改後交由民生報重新編排出版。最新版較一九八六年版，有五個明顯的差別：㈠拿掉干擾閱讀的注音符號。㈡合併章節，並加上九至十三個字的章節標題。㈢將後記修改，移到前面，成為自序。㈣邀請插畫家李永平繪製全新插圖。㈤內文作局部修

改。十五年前的舊書，能改版重新印行，是件令人快慰的事。蒙作者與編輯盛情邀請撰寫導讀，擬就〈獨自擁有或合作經營〉的論題切入，看作家如何把握、呈現主題。

本書以全知的敘述觀點，按一般程序（順序），敘述媽祖廟的順風耳，聽信年輕香客為他抱不平——沒有屬於自己的香爐，因而氣沖沖的走下神壇，想找一個完全屬於自己的香爐。於是邁出廟門尋找，進入大街、公園、夜市、漁村，一無所獲，再回到神壇。前後的時間，不到一天，發生在炎炎夏日，台灣東北角的漁港小鎮。

就類型區分，洪建全教育文化基金會評為「少年小說」第一名，中國北京和平出版社選入《台灣名家童話選》，顯然彼岸把本書歸入「童話」。歸入童話，乃因主要人物順風耳，次要人物千里眼、媽祖婆，關鍵人物土地公都是人格化的神。神像擬人化，順風耳走下神壇，進入人釁，與真人直接起衝突、對話，最後又回到廟裡，站回神壇，這是幻想的世界，不是真實的世界。說它是小說，因為空間明白擺在台灣東北角的漁港小鎮，除了主次要、關鍵人物是人格化的神像，更次要人物、背景人物，諸如過馬路的小學生、交通警察、年輕小伙子、算命師張鐵嘴、三位阿兵哥、歌仔戲演員，東方大馬戲團的小丑等，明明又屬真實世界活生生的人。本書既有幻想又有寫實。

作者充分運用對比的技法來刻畫人物、展開情節、呈現主題。首先是人物的對比，主要人物順風耳，有大志向與志氣，不甘心永遠當隨從的小角色，想擁有自己的香爐。行事莽撞急躁，沉不住氣，凡事不會三思後行，耳朵軟，聽信外人言語，沒有主見。次要人物千里眼剛好相反，安於現狀，逆來順受，知足常樂，當跑腿幫辦，只要有所發揮，不一定要獨自擁有。就作者設定及想傳達的主題，順風耳屬於狂者，想獨

自擁有自己的一片天；千里眼是狷者，甘心當左右護法、跑腿幫辦，能合作服務大衆，也是好事一樁。個性、想法、做法，順風耳與千里眼成為鮮明的對比。

其次是情境的對比，順風耳聽信年輕人為他抱不平的話，為了想創廟，擁有自己的香爐，氣沖沖的走下神壇，到大街、公園、夜市找尋立足安爐的場所，結果處處碰壁，一無所獲，最後聽了土地公的話，又回到媽祖廟。千里眼則不為所動，他知道自己的本事與聲望，出外闖蕩事事難，於是堅守崗位，並叮嚀順風耳，如果闖得不如意，還是再回來。沒有周詳的計畫，沒有思考何處是自己可以立足的，沒有思考如何增進自己的知能，以服務取悅大衆，哪能闖出自己的天地。順風耳與千里眼，同樣面對年輕小伙子的挑撥，反應卻不同，一動一靜成了鮮明的對比，而一動不如一靜，只說大話，不圖充實自己的能力，下場是可預知的。

就主題的把握與呈現，作者在情節開展中，揭示主題。作者藉三個進入媽祖廟參觀拍照的年輕人，引出順風耳面臨的問題。順風耳想出去立廟，擁有屬於自己的新香爐，解決的方式是外出尋問，先問交通警察，前往公園戲台立廟設爐，結果被歌仔戲演員追趕下台，腳被玻璃割傷，逃跑到夜市場，看見算命師的攤子，有一桌一椅一香爐，動念想占有算命師這個位置，算命師點醒他不要聽信外人言語，亂了心神，要除去心病，寬心等待明年春天到來。最後隨著小朋友到漁村看東方馬戲團表演，沒買門票，被擋在外，隨小丑的兩輪車入場，問馬戲團有沒有香爐，小丑帶順風耳到他們奉祀的田都元帥神位，只見比算命師小一號的香爐，愈看愈傷心，覺得這個香爐不合適自己的意願。在徬徨失意，不知該如何的時候，滑落到土地廟前，由先前擔任職前訓練班的土地公老

師訓示開導他，也就是藉著關鍵人物與主要人物的對話，說出作者想告訴讀者的話。一方面告訴順風耳，想獨自擁有，必須修練更多的本領。另一方面，退一步與人合作，同享一個香爐，也未嘗不好。

順風耳外出尋找香爐，越來越小，不符自己的意願，但自己又沒本事，最後只好再回到媽祖廟，與千里眼、媽祖婆共同服務眾生。

想在社會上立足安身，必須擁有自己的專長，修練的本事越多，能力越強，越能照顧服務更多的眾生。作者筆下的順風耳是志氣大、口氣狂，但不能踏實修練本事的負面人物，根本不可能擁有自己的香爐。外出闖蕩，證明自己沒有啥本事，徬徨失意再回到原來的位置，人物的思慮並沒有改變，經歷挫折，並沒有真正成長。讀者不知會不會引以為鑑。

順風耳與千里眼這兩位護法，代表兩種不同的典型，前者想獨立自主，獨當一面；後者願與人合作，共同服務人生。少年讀者讀完本書，當自我省思，我要取法誰；不論安於現狀，與人合作經營；或志向遠大，想獨當一面，只要心甘情願，好好充實自己，有服務人生的本事，不論獨當一面或與人合作分享，都有存在的空間，就看你需要什麼，能不能把它做好。

# 唯歷盡艱辛，方知新香爐得來不易

邱阿塗

《順風耳的新香爐》是李潼所創作，糅合了童話和神話趣味的一部很有獨創風格的兒童小說。

在《順風耳的新香爐》這一本兒童小說裡，一向只站在千萬人衆所信仰的媽祖身邊，職司聽風聲、海浪聲和遇難漁船或商船上漁夫乘客的求救聲，協助媽祖救難的配角——順風耳，一躍而成了主角，為了爭取新香爐，另立門戶、另起廟宇，投身凡人世界，闖蕩江湖。偉大的、衆所信仰的媽祖反而居於配角地位，是顛倒主客地位，寓深沉道理於有趣故事、發人深省的好作品，難怪能於西元一九八五年榮獲第十二屆洪建全兒童文學獎少年小說獎的首獎，相信大家閱讀過後一定會同意我的看法。

各位一定聽過媽祖的故事，也一定看過媽祖廟吧！

媽祖廟是本省各地都有，香火很鼎盛的大廟宇，由於台灣四面環海，捕魚、行商、運輸、靠海討生活的人很多，特別是早年從大陸福建省的漳州、泉州、福州和廣東省移民到台灣來，或者從廈門一帶來台灣作生意的人非常多。他們當時坐的船都是木造的帆船，最怕大風大浪，更怕在茫茫大海遇上颱風，因此，坐船時無不祈求慈悲的媽祖保佑他們的平安；不但行船、坐船、打漁的人祈求媽祖，他們的家人也都向媽祖祈禱讓他們平安，這就造成台灣各地，特別是沿海的漁港地區都有天后宮（即媽祖廟），奉祀天后娘娘媽祖，而且每座廟都香火鼎盛的原因。

各位讀者若曾到過媽祖廟，那麼一定也看過媽祖神座兩旁各站立著一紅一綠兩位巨大的神將，左邊一位右手握著斧頭，左手放在腰邊，側著耳朵細聽聲音的是順風耳；右邊一位左手執戟，右手放在眉上，正在眺望遠處動靜的是千里眼。他們一千多年來跟隨著慈悲的媽祖，憑著他們獨一無二的專長，協助媽祖發現在海上迷航或遇難的商船、漁船，引導他們平安歸來，也不知解救了多少人的生命。

他們陪著媽祖來到台灣已有三四百年了，卻一直沒有屬於他倆的香爐，他們也一直沒有為此感到憤懣，直到有一天，來了三個拍照的年輕小伙子，要上香拜拜時才發現順風耳和千里眼都沒有香爐，為他們倆大大發出不平之鳴。他們的談話激起了順風耳的不滿，也因此才有順風耳邁出大廟去闖江湖、尋找廟宇的情節開展。

順風耳原以為憑著他的本領要尋找一座屬於自己的廟宇易如反掌。

沒想到作者李潼讓他先是一走出廟門，就再也沒人認識他是媽祖身邊的神將——順風耳，轎車裡的人還用喇叭聲吵他趕他，讓他的耳朵受不了；接著，他一脫掉戰袍更讓他失去神威神力。

「這一脫……全身關節都像給點了油，伸展得太滑溜，竟像要脫散，有些虛軟無力……人像只泄氣皮球，差點癱軟歪倒，像個被廢掉一身武功的哪路俠客。」

在李潼的筆下，他被塑造成一個與社會完全脫了節的滑稽角色，為了照顧一羣在大太陽底下等著要過十字路口的小朋友過馬路，竟然很威武的張開雙臂硬要保護他們強闖紅燈，幸好這時紅燈轉為綠燈，他才免於被交通警察取締……

後來他在港濱公園裡的圓拱石橋邊找到了哪吒遺棄的舊香爐，想把它拎起來卻拎不起，雙手環抱也抱不起來，最後非得靠三個阿兵哥幫忙，四人合力才把它顛顛倒倒的抬到戲台前廣場，這使他很感慨，想當年哪吒小子還是他的手下敗將呢，現在竟連他遺棄的香爐都提不起來。當他以為總算找到了屬於他的新廟，也有了自己的香爐時，沒想到不到半刻工夫就來了一群歌仔戲團的工作人員，看他站在戲台中央擺姿勢，竟上台來責問他，還揮舞刀棍像趕狗一樣趕他下台，他下台時由於踢倒酒瓶，破酒瓶的碎片刺進腳掌心，只好一跳一拐、狼狽地閃進瀑布後的大石縫躲避。

這次的落難讓他想起上次遊行被鞭炮炸傷腳，媽祖曾給他敷藥療傷的恩情，但想到自己要自立門戶開創前程的願景，終於讓他再跨起步伐勇往邁進。

不過，自己的大好前程到底往何處尋覓呢？李潼這次安排熱鬧的夜市讓順風耳大開眼界，並且讓他會見了攤販口中真厲害的算命先生，跟

他一番較量，又卜了個鳥卦，得到訊息：「想轉運，得等到春天，往東方去尋求。」

這時李潼筆鋒一轉，在不遠的山頭安排了一個東方馬戲團在表演，順風耳擠在人潮中到了馬戲團表演的帳篷，因沒票被擋在門外，適巧遇見一個穿花褲子的車夫正奮力拉一部兩輪拖車，順風耳見他拉得辛苦便跑去幫他推，因此認識了這位叫沈福的小丑，透過小丑認識了能同時馴服十幾頭山大王和雄獅的團主，以及小矮人等，也觀賞了小丑像一顆飛彈從炮管飛射出來，落在圓布上前滾翻、後滾翻彈跳的非凡表演。讓他見識了一羣能人，卻也看到了這些能人下了戲後的感傷，並且在台後侷促的一個角落裡的老舊木箱上，看見田都元帥的神位和只擁有茶碗大的香爐。

從馬戲團出來後他一不留意滑跌到山下，在茄冬樹下遇到了昔日在天庭職前訓練班受訓時的導師——土地公，看到老師也只擁有小廟小香爐。

和土地公一番談話，他才了解很多具有大能力的神如城隍爺、王母娘娘等也都是三五個共聚一廟，最後在老師的勸導下，知道唯有多修練自己的本事，發揮專長服務眾生才能享受香火。因此順著夕曝雨的來臨衝回媽祖廟，站回自己的崗位，經千里眼提醒，欣然發現自己的神台前，媽祖已叫廟公安置了一個新香爐，讓他既慚愧又安慰。

這部小說就是這樣的人神不分，把順風耳也如凡人般希望擁有自己的新香爐的理想，尋找新香爐的過程儘量人格化、趣味化，又安排戲台上的一番打鬥，和算命先生的較量，馬戲團的表演，土地公的開導等情節，讓順風耳體驗自立門戶的不容易，了解分工合作的重要，安分的回到自己原來的世界，但也讓他擁有了一個屬於自己的新香爐，總算沒有

讓他這一次的闖蕩留下遺憾，這也正是作者李漁的高明處。至於書裡許多有趣的情節變化，就留待各位讀者細細咀嚼吟味了。

# 順風耳出走，為了什麼？

傅林統

《順風耳的新香爐》曾獲第十二屆（西元一九八五年）洪建全兒童文學獎中篇少年小說首獎。當時有人質疑：「這是小說嗎？」可是它對人物的刻畫，是那麼的入微，故事的組織又那麼的完整細密，說它是描述人性的小說並沒有什麼不對。

近年來，小說技巧不斷創新，把童話的虛幻和小說的寫實相融合，讓讀者在亦幻亦實的境界裡轉換，也成為一種突破性的表現。然而《順風耳的新香爐》卻早在十多年前就展現這種新技巧，因此，李潼不僅開風氣之先，其手法之細緻高超更是無人能比擬。

跟李潼的其他作品一樣，《順風耳的新香爐》也含有濃厚的鄉土氣息和草根的芳香。「媽祖婆婆」是台灣民間最崇拜、香火最為鼎盛的神祇，從漂洋過海的守護神，到救苦救難的仁者，慈祥和藹的老奶奶、媽媽、婆婆都兼而有之。北港媽祖、大甲媽祖的廟會，蘇澳的湄州迎神像等，民眾的狂熱參與，可知媽祖的信仰在台灣是十分普遍的。媽姐婆婆神通廣大、宅心仁厚，她所以無所不見，無所不知，是因為身邊有兩位神將——千里眼、順風耳。

故事是由媽祖婆婆和隨身二將的互動開始，然後是順風耳這不甘寂寞的神將，對周遭——包括對同僚千里眼，投以關注的眼光，於是就有了高潮迭起、引人入勝的發展。

真正掀起不尋常的感覺，教人拍案稱奇的是一個重要的變化——原來有模有樣的，靜靜佇立在媽祖婆婆身邊的順風耳，產生了「凡心」，這凡心包括許多人性的弱點，自傲自大、嫉妒怨恨、猜疑多心。這種凡心不同於仙女的凡心，是會對媽祖婆婆產生誤會的亦凡亦妄的心。於是順風耳不滿主子享有更多的香火，瞧不起同僚千里眼的保守不知進取，順風耳終於「離家出走」了。

「離家出走」是許多典型的童話和小說採取的方式，冒險、危機、迷惑、驚恐、緊張、機智、抉擇等趣味和行為都從此開端。但李潼的處理方式和寫作技巧，顯然高人一等，他把順風耳這神話中的人物，投入了平常的人間。這點子很高明，也是異於其他「離家出走型」作品的地方。不管在公園的戲台、在路邊的攤販、賣衣服的、套籐圈的，一般人看起來只是普通的市景，但在順風耳的眼裡，這一切都是新奇的、有趣的事物。接下來會有怎樣的變數呢？帶給讀者莫大的好奇。

李潼的作品都隱藏相當深遠的內涵，首先我們感覺到的是《順風耳的新香爐》猶如《格列弗遊記》，對人性的諷刺和批判十分徹底。順風耳所以會離家出走，道盡了人性的弱點，從人物心理的變化，構成了故事的主軸，也把順風耳和千里眼寫成對比的人物，使溫順—激動，穩重—輕浮，隨遇而安—不滿現實等，兩極化的人物心理，有了鮮明的對照。雖然說的是廟裡的二將，諷刺的卻是社會上的現象。

順風耳的出走，是因為遇到三個好管閒事，好作論評的人，這不是道出了你我皆有的人性弱點之一——「講人較快」的心理嗎？

交通指揮的一幕，諷刺與童趣兼而有之，在這一段落，作者把順風耳陪著媽祖婆婆一起出巡時，行列的盛況、信徒的恭敬、虔誠，跟順風耳私自出走時受冷落、受輕視的，人們的兩種極端態度作一比較，點出了人心向背的矛盾，以及對偶像盲目膜拜的不可思議，是諷刺、是啟示，也令人深思嘆息！

這部似是童話又像小說的作品，頗有「唐吉訶德」的味道。一個懷著刻板道德觀念的人物，從象牙塔裡出來，踏進了千變萬化、多彩多姿、無奇不有的人世間，他要尋求自己的理念（新香爐），要尋找自己的公道，不惜跟世俗的一切對抗，像傻子又像勇士，教人發笑，也教人讚嘆，更教人不知怎麼說才好。

李潼的作品產自鄉土，聞得出人們生活的氣息，除了媽祖信仰外，故事裡的街景、人物、語言、思想，都像是我們身邊所存在的。如順風耳所遇見的戲班、相命師、籤詩，還有漁港、漁火、船笛，凡是關心鄉土的讀者，一定都覺得很親切，對鄉土比較陌生的，也能夠在此認識台灣的鄉土。

在以鄉土為主要背景的故事中，作者又把兒童們最喜愛的「馬戲

團」搬上了舞台。馬戲團是許多小說和童話出現過的，是教小讀者又興奮又陶醉的，「真的比看電視、看電影還精采！」而人山人海的盛況，也讓順風耳誤以為是香火鼎盛的廟會呢！在這裡作者又介紹了戲劇之神——田都元帥，但與媽祖相比真是寂寞不堪。不過，作者生動的馬戲描寫，卻像把讀者帶到現場觀賞似的，趣味無窮！一個接一個精彩的節目，在生花妙筆中，讓讀者心花怒放，又歡呼又緊張又驚奇！可是誰知在背後，演員們的生活是悲喜交錯、甘苦相雜的日子呢！

李潼這篇作品主題相當凸顯明確，讀者可以看到離家出走的順風耳，再度接受恩師——土地公的輔導，那裡面的許多對話，清楚的表達了作者的主題意識。

——我要找出一個完全屬於自己的新香爐——這是順風耳出走的目的，然而為這理想，連帶還要思考、實踐、努力的事並不少，作者藉著順風耳給了我們多層的啟示，當你領會了就終身受用不盡。

順風耳遍歷艱辛、苦痛，以及千奇百怪的冒險後，成長了、徹悟了，終於心平氣和的回廟了。他的同僚真摯的歡迎兄弟回家，媽祖婆婆雖然保持沉默，不聲不響，但她那無邊無際的仁慈心，表現在「無為」中，更令人感動，也使作品留下無盡的韻味。

# 立體思考轉轉轉的李潼

陳柏州

1.

跨在文學與新聞邊界的我，有一次問李潼，當一位專職文學作家的條件有哪些？李潼說很簡單，有三個要件：第一是熱愛文學，第二是生活條件要求不高，第三是有計畫創作，每天至少產出兩千字以上作品。

我不曉得有沒有辦法當得成一名專職作家，但我所知道的李潼是這三個條件的實踐者。他的生活簡單而規律，早睡早起，清晨到中午是寫作時間，下午閱讀、處理邀稿，晚間與家人共處。持續有恒的戒律，使

得他不僅著作等身，還能四處旅行、演講。

把好故事說得動聽，是一位會說故事的人，但把平凡故事說得精采，則是一位好的說故事人。李潼就是有這樣的本事，一些無頭無腦或兜不著的事，到了他的腦中一經組合，就是一篇精采絕倫的故事，這似乎是他與生俱來的好本事，令人佩服。

長相體面、體格壯碩的李潼，第一眼絕不會讓人跟知名小說家「李潼」聯想一起，往往將他歸為社會名流賢達，不過，他的心思細密、觀察入微，是外人絕未料想得到的事。

在一般人共同生活經驗中，看事情、析條理，可以從正面、反面、裡面、外面、側面來看，但總覺得李潼在看事情析條理，總比別人多了一面，就因為這一面，使得他筆下的觀點更有意思，所說的故事更加精采。

這或許與充滿「福爾摩斯個性」的他有關；新聞學上叫做化身採訪，他可以在火車上假裝看書「偷聽」情侶對話、用人物呈現的神態與服飾張開想像的翅膀，甚至，被歸為「人類學家」的他，更不時在戲棚下、公園裡、廟前樹蔭下與老農、村婦進行田野調查，從當地典故習俗談到人生經驗，從古今軼聞談到當令蔬果，欲罷不能。

也許不自覺的個性，讓李潼擁有更多與別人不同的思考角度面向，更多的人生體驗，也給了他更多豐富有內涵的素材。

2.

和李潼真正共事是西元一九九一年初，那時在李潼的召集下，我們成立了五人工作小組，包括美工攝影與文稿編輯，正式對外號稱文建會文化通訊周報的東區編輯部；五個人要負責邀稿、編排、採訪、攝影、美工、印刷、接洽等諸多雜務，一整年的緊密磨合運轉下，達成任務自

不在話下，也培養了我們的感情，更留下甘美（當時有痛苦）的回憶。

身為召集人的李潼，在整合協調工作同時，留有相當多空間讓我們發揮創意與自主，在羅東運動公園、宜蘭文化中心或和睦低矮的打字行，吃便當共商編務、檢討會、編前會，總是自在自得，熬夜編校版面的期間，李潼充沛的體力、耐力、活力與創意，是我對他最深的印象。

結束編務前的最後一次聚會，文化中心主任舉杯的願景是希望我們五位來自各地的「角頭」不要散掉，共同為蘭陽平原藝文前景奉獻、犧牲，無奈事與願違，如今，成員之一的德明兄壯年猝逝，令人哀慟錯愕，不過，只要李潼再次召集，我想應該都會趕赴沙場的吧！

3.

台灣兒女系列十六本中長篇少年小說，是李潼寫作的另一個指標，為了這一系列的小說集，我所知道的李潼不僅是在家裡寫，更實際走過小說人物生長的地方，進行實地採集、調查、訪談，一貫認真求好的態度令我印象深刻。

就像他筆下形形色色的台灣兒女，關懷台灣這塊土地，定居落腳在宜蘭的他，身影常出現各類文藝講座、文學營，更廣邀各地藝文作家前來，共同為蘭陽平原播撒文藝的種子。

李潼不只是膾炙人口的民歌〈廟會〉、〈月琴〉的作詞者，李潼更是〈散場電影〉的作詞者。那年輕身影立即拉回到眼前，這首散場電影是學生時期常哼的分手歌曲，曾被詞中那貼切意境與場景深深折服感動，不意，走出校門多年後才認識歌詞作者，這個感動至今還沒有向李潼說過。

# 關於插畫者

⬆本書插畫者李永平的自畫像。

# 想像的完全寫真

李永平

當我知道要畫《順風耳的新香爐》的插圖時，我就一直在心裡揣想順風耳的模樣。儘管平時偶爾會不經意地瞥見順風耳的圖象畫面，但是一旦需要資料來仔細觀察描繪時，我卻花了好幾天的時間，在自家的資料庫、書店，甚至在網路上，不停地尋找可用的資料。結果在誠品買的幾本書，算是最合用的。

不過，幾尊順風耳的塑像模樣，特徵差異甚大。於是我決定各取其精，再加上自己所投射的情感，最後終於完成了我心目中的順風耳。

在我心底的順風耳是個魯莽仁慈的神仙，有時心地善良純真得叫人心疼。或許我塑造出來的順風耳模樣，可能有很多人不認同。但是，它絕對是我最真誠的心意，也是我想像的完全寫真。

終於交稿了。覺得自己像是得了順風耳的神助般，在繪畫技巧上已稍有進步。感謝老婆的默默支持以及女兒的「自制」，還有那些不吝批評指教的朋友們，雖是老話，卻也是真心話——謝謝你們！

李潼作品集
# 順風耳的新香爐

2010年7月初版
2017年8月初版第三刷


定價：新臺幣260元

著者 李潼
插畫者 李永平
叢書主編 黃惠鈴

出版者 聯經出版事業股份有限公司
地址 台北市基隆路一段180號4樓
編輯部地址 台北市基隆路一段180號4樓
叢書主編電話 (02)87876242轉213
台北聯經書房 台北市新生南路三段94號
電話 (02)23620308
台中分公司 台中市北區崇德路一段198號
暨門市電話 (04)22312023
郵政劃撥帳戶第0100559-3號
郵撥電話 (02)23620308
印刷者 世和印製企業有限公司
總經銷 聯合發行股份有限公司
發行所 新北市新店區寶橋路235巷6弄6號2F
電話 (02)29178022

總編輯 胡金倫
總經理 陳芝宇
社長 羅國俊
發行人 林載爵

行政院新聞局出版事業登記證局版臺業字第0130號

本書如有缺頁，破損，倒裝請寄回台北聯經書房更換。 ISBN 978-957-08-3641-7 (平裝)
聯經網址 http://www.linkingbooks.com.tw
電子信箱 e-mail:linking@udngroup.com

國家圖書館出版品預行編目資料

順風耳的新香爐/李潼著．初版．臺北市．
聯經．2010年7月（民99年）．256面．
14.8×21公分（李潼作品集）
ISBN 978-957-08-3641-7（平裝）
[2017年8月初版第三刷]

859.6 99011500